तीन मोटी औरतें

मण्टो अब तक-23

तीन मोटी औरतें

सआदत हसन मण्टो

वाणी प्रकाशन

वाणी प्रकाशन

4695, 21-ए, दरियागंज, नयी दिल्ली 110 002

फ़ोन : +91 11 23273167 **फ़ैक्स** : +91 11 23275710

शाखाएँ

अशोक राजपथ, पटना 800 004, बिहार

कॉफ़ी हाउस कैम्पस, महात्मा गांधी मार्ग, इलाहाबाद 211 001, उत्तर प्रदेश

महात्मा गांधी अन्तरराष्ट्रीय हिन्दी विश्वविद्यालय, वर्धा 442 001, महाराष्ट्र

www.vaniprakashan.in
marketing@vaniprakashan.in
sales@vaniprakashan.in

TEEN MOTI AURATEN
by Saadat Hasan Manto

ISBN : 978-93-5072-345-6
Collection of Short Stories

संस्करण 2012
आवृत्ति 2018

मूल्य : ₹ 125

एम.एस. प्रिंटर्स, दिल्ली-110 095 में मुद्रित

वाणी प्रकाशन का लोगो मक़बूल फ़िदा हुसेन की कूची से

भूमिका

रघुवीर सहाय ने अपनी कविता 'आत्महत्या के विरुद्ध' में लिखा है—

दर्द दर्द मैंने कहा क्या अब नहीं होगा
हर दिन मनुष्य से एक दर्जा नीचे रहने का दर्द

आदमी से एक दर्जा नीचे रहने का दर्द मण्टो की अधिकांश कहानियों में व्यक्त हुआ है। उदाहरण के लिए मैं मण्टो को प्रसिद्ध और बहुचर्चित कहानी 'हतक' को लेना चाहूँगा। मण्टो ने वेश्याओं पर और भी कई कहानियाँ लिखी हैं लेकिन हतक में पहली बार मण्टो ने उस सारी व्यवस्था को अपने आक्रोश का निशाना बनाया है, जिसमें सुगन्धी जैसी औरतें शोषण का शिकार बनने पर मजबूर होती हैं।

वेश्याओं की ज़िन्दगी पर अन्य लेखकों ने भी लिखा है। मैंने बेदी की कहानियाँ पढ़ी हैं और कमलेश्वर की 'महान' कहानी 'मांस का दरिया' भी। लेकिन किसी लेखक ने इस नुक्ते-नज़र से इस सारी स्थिति को नहीं देखा। बेदी की कहानियों में उनकी करुणा और दार्शनिक मिज़ाज झलकता है और कमलेश्वर की कहानी में चूँकि अन्तर्निहित दर्द और तकलीफ़ के एहसास की प्रेरणा नहीं है इसलिए मांस का दरिया निहायत ही लचर कहानी बन कर रह गयी है। 'उस दश्त की संयाही' का अभाव बेदी और कमलेश्वर दोनों की कहानियों में एक-सा है।

लेकिन इसके विपरीत मण्टो की कहानी में अनुभव की सच्चाई भी है और ज़ुल्म के एहसास की प्रेरणा भी। इसीलिए मैं हतक को वेश्याओं की ज़िन्दगी पर किसी भारतीय कथाकार द्वारा लिखी गयी कहानियों में पहली पंक्ति पर रखना चाहूँगा। हतक में मण्टो के दृष्टिकोण की लगभग सभी विशेषताएँ हैं—आक्रोश, दर्द और अपार मानवीयता। वेश्यावृत्ति की ज़लालत का ऐसा अपूर्व चित्र मण्टो ने इसमें खींचा है कि सेठ द्वारा सुगन्धी को नापसन्द कर दिये जाने वाले प्रसंग के बाद पाठक अनायास सुगन्धी के दिल की कुढ़न और उसके फूट पड़ते आक्रोश के सहभागी बन जाते हैं। मण्टो ने कहानी में स्पष्ट रूप से दो वर्गों का चित्रण किया है—पहला वह जो शोषण करता है, जो ख़रीदार है और जो चूँकि पैसे देता है, इसलिए वह अपनी पसन्दगी या नापसन्दगी ज़ाहिर कर सकता है। दूसरा वर्ग सुगन्धी का है, जो ज़लालत-भरी ज़िन्दगी जीते हुए भी, मानवीयता से रहित नहीं है, लेकिन जो इस शोषण का शिकार

बनने-बिकने के लिए मजबूर है। सुगन्धी इस दूसरे वर्ग में है और चूँकि वह सेठ से अपने अपमान का बदला नहीं ले पाती, इसीलिए उसका सारा गुस्सा माधो पर उतरता है जो सुगन्धी का सिर्फ़ आर्थिक शोषण ही नहीं करता, वरन उसकी सहज अच्छाई का भी फ़ायदा उठाता है। माधो के प्रति सुगन्धी के मन में जो गुस्सा है—और वह जो दरअसल मण्टो के अन्तर का आक्रोश है—जिसे वह उस सारी व्यवस्था के मुँह पर जैसे एक ज़न्नाटे के थप्पड़ की तरह जड़ देता है।

लेकिन मण्टो को यह मालूम है कि जब तक मौजूदा निज़ाम में परिवर्तन नहीं होगा तब तक सुगन्धी की स्थिति में कोई अन्तर नहीं आयेगा और कहानी की अन्तिम पंक्तियाँ सुगन्धी के अन्तर के उस भयावह शून्य को पूरी तरह उजागर कर देती हैं :

'उसके खाज-मारे कुत्ते ने...सो गयी।'

हतक के समानान्तर ही मण्टो की एक दूसरी कहानी—'नारा' को रखा जा सकता है जिसमें एक मूँगफली बेचने वाले के बेबसी-भरे आक्रोश को मण्टो ने व्यक्त किया है।

'नारा' और 'हतक' में ज्यादा फ़र्क नहीं है, हालाँकि 'हतक' में मण्टो की निगाह एक वेश्या पर है और 'नारा' में एक मूँगफली बेचने वाले पर। सुगन्धी और केशवलाल—दोनों उस व्यवस्था के सताये हुए हैं, जो आदमी को आदमी से एक स्तर नीचे जीने के लिए विवश करती है। जहाँ मानवीयता की कोई गुंजाइश नहीं है।

ऐसा निज़ाम कितना भ्रष्ट है— इसका बहुत ही व्यंग्य भरा चित्र मण्टो ने 'शहीद साज़' में खींचा है।

काठियावाड़ गुजरात का एक मुसलमान बनिया जो कोकीन का व्यापार करता था, बँटवारे के बाद पाकिस्तान चला जाता है और मकान एलॉट कराने का धन्धा शुरू कर देता है, जिसमें वह 'बेहिसाब माल-पानी' बना लेता है। लेकिन तभी उसे दिल पर बोझ महसूस होता है और वह इस नतीजे पर पहुँचता है कि 'दिल की गड़बड़' इस वजह से है कि उसने 'कोई नेक काम नहीं किया'। नेक काम की तलाश करते-करते वह इस निष्कर्ष पर पहुँचता है कि लोग अगर 'मरने' की बजाय 'शहीद' हुआ करें तो कितना अच्छा हो। और यूँ वह शहीद बनाने का नेक काम शुरू कर देता है।

सारी-की-सारी कहानी मण्टो की टेढ़ी नज़र का प्रमाण है जो बड़ी बारीकी से समाज के रगों-रेशे की छान-बीन करती थी। कहानी जिस व्यंग्य-भरे अन्दाज़ में लिखी गयी है—प्रथम पुरुष में, 'शहीद-साज़' की ओर से—वह उसे एक अविस्मरणीय कहानी बना देता है।

नीलाभ

अनुक्रम

चोर

मुझे बेशुमार लोगों का क़र्ज़ अदा करना था और यह सब शराबनोशी की बदौलत था। रात को जब मैं सोने के लिए चारपाई पर लेटता तो मेरा हर क़र्ज़ख़्वाह मेरे सरहाने मौजूद होता—कहते हैं कि शराबी का ज़मीर मुर्दा हो जाता है, लेकिन मैं आपको यक़ीन दिलाता हूँ मेरे साथ मेरे ज़मीर का मामला कुछ और ही था। वह हर रोज़ मुझे सरज़निश[1] करता और मैं ख़फीफ़[2] होके रह जाता।

वाक़ई मैंने बीसियों आदमियों से क़र्ज़ लिया था—मैंने एक रात सोने से पहले, बल्कि यूँ कहिए कि सोने की नाकाम कोशिश करने से पहले हिसाब लगाया तो क़रीब-क़रीब डेढ़ हज़ार रुपये मेरे ज़िम्मे निकले। मैं बहुत परेशान हुआ। मैंने सोचा, यह डेढ़ हज़ार रुपये कैसे अदा होंगे; बीस-पच्चीस रुपये रोज़ाना की आमदन है, और वह मेरी शराब के लिए बमुश्किल काफ़ी होते हैं।

आप यूँ समझिए ना कि हर रोज़ की एक बोतल—थर्ड क्लास रम की—दाम मुलाहिज़ा हो : सोलह रुपये—सोलह रुपये तो एक तरफ़ रहे, उनके हासिल करने में कम-अज़-कम तीन रुपये टाँगे पर सर्फ़[3] हो जाते थे—काम होता नहीं था, बस पेशगी पर गुज़ारा था, लेकिन जब पेशगी देने वाले तंग आ गये तो उन्होंने मेरी शक्ल देखते ही कोई बहाना तराश लिया, या इससे पेशतर कि मैं उनसे मिलूँ, कहीं गायब हो गये। आख़िर कब तक वह मुझे पेशगी देते रहते—लेकिन मैं मायूस न होता और ख़ुदा पर भरोसा रख के किसी-न-किसी हीले से दस-पन्द्रह रुपये उधार लेने में कामयाब हो जाता।

मगर यह सिलसिला कब तक जारी रह सकता था। लोग मेरी इज़्ज़त करते थे, मगर अब वह मेरी शक्ल देखते ही भाग जाते थे—सबको अफ़सोस था कि इतना अच्छा मेकैनिक तबाह हो रहा है।

इसमें कोई शक नहीं कि मैं बहुत अच्छा मेकैनिक था। मुझे कोई भी बिगड़ी मशीन दे दी जाती, उसको सरसरी तौर पर देखने के बाद मैं यूँ चुटकियों में ठीक कर देता—जहाँ तक मैं समझता हूँ, मेरी यह ज़हानत सिर्फ़ शराब मिलने की उम्मीद

पर क़ायम थी, इसलिए कि मैं पहले तय कर लिया करता था कि अगर काम ठीक हो गया तो वह मुझे इतने रुपये अदा कर देंगे, जिनसे मेरी दो-चार रोज़ की शराब चल सकेगी।

वह लोग ख़ुश थे। मुझे वह तीन-चार रोज़ की शराब के दाम अदा कर देते, इसलिए कि जो काम मैंने किया था, वह किसी और से नहीं हो सकता था।

लोग मुझे लूट रहे थे। मेरी जहानतो-ज़कावत[4] पर मेरी इजाज़त से डाके डाल रहे थे...और लुत्फ़ यह है कि मैं समझता था, मैं उन्हें लूट रहा हूँ उनकी जेबों पर हाथ साफ कर रहा हूँ—असल में मुझे अपनी सलाहियतों की कोई क़द्र न थी। मैं समझता था कि मकेनिज़्म बिलकुल ऐसी है, जैसे खाना खाना या शराब पीना।

मैंने जब भी कोई काम हाथ में लिया, मुझे कोफ़्त महसूस नहीं हुई। अलबत्ता इतनी बात ज़रूर थी कि जब शाम के छह बजने लगते तो मेरी तबीयत बेचैन हो जाती। काम मुकम्मल हो चुका होता, मगर मैं एक-दो पेच ग़ायब कर देता ताकि दूसरे रोज़ भी आमदन का सिलसिला क़ायम रहे—यह शराब हरामज़ादी कितनी बुरी चीज़ है कि आदमी को बेईमान भी बना देती है।

मैं क़रीब-क़रीब हर रोज़ काम करता था। मेरी माँग बहुत ज़्यादा थी, इसलिए कि मुझ-ऐसा कारीगर मुल्क भर में नायाब था—'तार बाजा और राग बूझा" वाला हिसाब था। मैं मशीन देखते ही समझ जाता था कि उसमें क्या कुसूर है।

मैं आपसे सच अर्ज़ करता हूँ, मशीनरी कितनी भी बिगड़ी हुई क्यों न हो, उसको ठीक करने में ज़्यादा-से-ज़्यादा एक हफ़्ता लगना चाहिए, लेकिन अगर उसमें नये पुर्ज़ों की ज़रूरत हो और वह आसानी से दस्तयाब न हो रहे हों तो उसके मुताल्लिक़ कुछ कहा नहीं जा सकता।

मैं बिला नाग़ा शराब पीता था और सोते वक़्त बिला नाग़ा अपने क़र्ज़ के मुताल्लिक सोचता था, जो मुझे मुख़्तलिफ़ आदमियों को अदा करना था। यह एक बहुत बड़ा अज़ाब[5] था। पीने के बावजूद, इज़्तिराब के बायस मुझे नींद न आती—दिमाग़ मैं सैकड़ों स्कीमें आती थीं। बस मेरी ख़्वाहिश थी कि कहीं से दस हज़ार रुपए आ जायें तो मेरी जान-में-जान आये। डेढ़ हज़ार रुपया क़र्ज़ का फ़िलफ़ौर[6] अदा कर दूँ। एक टैक्सी लूँ और हर क़र्ज़ख़्वाह के पास जा कर माज़िरत[7] तलब करूँ और जेब से रुपये निकालकर उनको दे दूँ। जो रुपए बाक़ी बचें, उनसे एक सैकिंड हैंड मोटर ख़रीद लूँ और शराब पीना छोड़ दूँ।

फिर यह ख़याल आता कि नहीं, दस हज़ार से काम नहीं चलेगा; कम-अज़-कम पचास हज़ार होने चाहिए—मैं सोचने लगता कि अगर इतने रुपये आ जायें, जो यक़ीनन आने चाहिए, तो सबसे पहले एक हजार नादार[8] लोगों में तक़्सीम करूँगा, ऐसे लोगों में जो रुपये ले कर कुछ कारोबार कर सकें।

बाक़ी रहे उनचास हज़ार—इस रक़म में से मैंने दस हज़ार अपनी बीवी को देने

का इरादा किया। मैंने सोचा कि फिक्स्ड डिपाज़िट होना चाहिए—तो ग्यारह हज़ार हुए, और बाक़ी रहे उनतालीस हज़ार, जो मेरे लिए बहुत काफ़ी थे—मैंने सोचा, यह मेरी ज़्यादती है। चुनाँचे मैंने बीवी का हिस्सा दोगुना कर दिया, यानी बीस हज़ार—अब बचे उनतीस हज़ार—मैंने सोचा कि पन्द्रह हज़ार अपनी बेवा बहन को दे दूँ। अब मेरे पास चौदह हज़ार रहे। इनमें से आप समझिए कि तक़रीबन दो हज़ार क़र्ज़ के निकल गये, और बाक़ी बचे बारह हज़ार-एक हज़ार रुपये की अच्छी शराब आनी चाहिए, लेकिन मैंने फ़ौरन थू कर दिया और यह सोचा कि पहाड़ पर चला जाऊँगा और वहाँ कम-अज-कम छह महीने रहूँगा, ताकि सेहत दुरुस्त हो जाय—शराब के बजाय दूध पिया करूँगा।

बस ऐसे ही ख़यालात में दिन-रात गुज़र रहे थे—पचास हज़ार कहाँ से आयेंगे, यह मुझे मालूम नहीं था—वैसे दो-तीन स्कीमें ज़ेहन में थीं : 'शमा' देहली के मुअम्मे हल करूँ और पहला इनाम हासिल कर लूँ : डर्बी की लाटरी का टिकट ख़रीद लूँ; या चोरी करूँ और बड़ी सफ़ाई से। मैं फ़ैसला न कर सका कि मुझे कौन-सा क़दम उठाना चाहिए—बहरहाल यह तय था कि मुझे पचास हज़ार रुपये हासिल करना है, यूँ मिलें या वूँ मिलें।

स्कीमें सोच-सोचकर मेरा दिमाग़ चकरा गया—रात को नींद नहीं आती थी, जो बहुत बड़ा अज़ाब था—क़र्जख़्वाह बेचारे तक़ाज़ा नहीं करते थे, लेकिन जब मैं उनकी शक्ल देखता था तो नदामत[9] के मारे पसीना-पसीना हो जाता। बाज़ औक़ात तो मेरा साँस रुकने लगता और मेरा जी चाहता कि खुदकुशी कर लूँ और इस अज़ाब से नजात पाऊँ।

मुझे मालूम नहीं, कैसे और कब मैंने तहैया कर लिया कि चोरी करूँगा—मुझे यह भी मालूम नहीं कि मुझे कैसे मालूम हुआ कि महल्ले में एक बेवा औरत रहती है, जिसके पास बे-अंदाज़ा दौलत है, और वह अकेली रहती है।

मैं वहाँ रात के दो बजे पहुँचा। यह मुझे पहले ही मालूम हो चुका था कि वह दूसरी मंज़िल पर रहती है—नीचे पठान का पहरा था—मैंने सोचा, कोई और तरकीब सोचनी चाहिए ऊपर जाने के लिए—मैं अभी सोच ही रहा था कि मैंने खुद को उस पारसी लेडी के फ़्लैट के अन्दर पाया—मेरा ख़याल है कि मैं पाइप के ज़रिये से ऊपर चढ़ गया था—टॉर्च मेरे पास थी। उसकी रौशनी में मैंने इधर-उधर देखा। एक बहुत बड़ा सेफ़ था—मैंने अपनी ज़िन्दगी में कभी सेफ़ खोला था न बन्द किया था, लेकिन उस वक़्त जाने मुझे कहाँ से हिदायत मिली कि मैंने एक मामूली तार से उसे खोल डाला। अन्दर ज़ेवर-ही-ज़ेवर थे, बहुत बेशकीमत—मैंने सब समेटे और मक्के-मदीनेवाले ज़र्द रूमाल में बाँध लिये—कोई पचास-साठ हज़ार रुपए का माल होगा—मैंने कहा, ठीक है, बस इतना ही चाहिए था—कि अचानक दूसरे कमरे से एक बुढ़िया पारसी औरत नुमूदार हुई। उसका चेहरा झुर्रियों से भरा हुआ था—मुझे देख कर पोपली-सी

मुस्कराहट उसके होंटों पर नुमूदार हुई—मैं बहुत हैरान हुआ कि यह माजरा क्या है। मैंने अपनी जेब से भरा हुआ पिस्तौल निकालकर तान दिया।

उसकी पोपली मुस्कराहट उसके होंटों पर और ज़्यादा फैल गयी—उसने मुझसे बड़े प्यार से पूछा : "आप यहाँ कैसे आये?"

मैंने सीधा-सा जवाब दिया : "चोरी करने।"

"ओह!" बुढ़िया के चेहरे की झुर्रियाँ मुस्कराने लगीं : "तो बैठो...मेरे घर में नक़दी की सूरत में सिर्फ़ डेढ़ रुपया है...तुमने ज़ेवर चुराया है, लेकिन मुझे अफसोस है कि तुम पकड़े जाओगे, क्योंकि इन ज़ेवरों को कोई बड़ा जौहरी ही ले सकता है और हर बड़ा जौहरी इन्हें पहचानता है..." यह कहकर वह कुर्सी पर बैठ गयी।

मैं बहुत परेशान हुआ कि या इलाही यह सिलसिला क्या है; मैंने चोरी की है और बड़ी बी मुस्करा-मुस्कराकर मुझसे बातें कर ही हैं; क्यों?

लेकिन फ़ौरन उस 'क्यों" का मतलब समझ में आ गया, जब बड़ी बी ने आगे बढ़कर, मेरे पिस्तौल की परवा न करते हुए, मेरे होंटों का बोसा ले लिया और अपनी बाँहें मेरी गर्दन में डाल दीं—उस वक़्त, खुदा की क़सम, मेरा जी चाहा कि ज़ेवरों की गठड़ी एक तरफ़ फेंक दूँ और वहाँ से भाग जाऊँ। मगर वह तस्मापा औरत निकली। उसकी गिरफ़्त इतनी मज़बूत थी कि मैं मुतलक़न[10] हिल-जुल न सका—असल में मेरे हर रगो-रेशे में एक अजीबो-ग़रीब क़िस्म का ख़ौफ़ सरायत कर गया था। मैं उसे डायन समझने लगा था, जो मेरा कलेजा निकालकर खाना चाहती थी।

मेरी ज़िन्दगी में किसी औरत का दख़ल नहीं था। मैं ग़ैर शादीशुदा था। मैंने अपनी ज़िन्दगी के तीस बरसों में किसी औरत की तरफ़ आँख उठाकर भी नहीं देखा था। मगर पहली रात जब कि मैं चोरी करने के लिए निकला तो मुझे वह फाफा कुटनी मिल गयी, जिसने मुझसे इश्क़ करना शुरू कर दिया—आपकी जान की क़सम, मेरे होशो-हवास ग़ायब हो गये। वह बहुत ही करीहुन्नज़र[11] थी—मैंने उससे हाथ जोड़ कर कहा : "बड़ी बी, मुझे बख्श दीजिए...यह पड़े हैं आपके ज़ेवर...मुझे इजाज़त दीजिए।"

उसने तहक्कुमाना[12] लहजे में कहा : "तुम नहीं जा सकते...तुम्हारा पिस्तौल मेरे पास है...अगर तुमने ज़रा-सी जुंबिश भी की तो मैं डज़ कर दूँगी, या टेलीफोन करके पुलिस को इत्तिला दे दूँगी कि वह आकर तुम्हें गिरफ़्तार कर लें...लेकिन जानेमन, मैं ऐसा नहीं करूँगी...मुझे तुमसे मुहब्बत हो गयी है...बस समझ लो, मैं अभी तक कँवारी हूँ...मेरा ख़याल है कि शायद मैं इस उम्र तक सिर्फ़ तुम्हारे लिए कँवारी रही हूँ...अब तुम यहाँ से नहीं जा सकते।"

यह सुन कर मैं, क़रीब था कि बेहोश हो जाता, टन-टन शुरू हो गयी—दूर कोई क्लॉक सुबह के पाँच बजने की इत्तिला दे रहा था—मैंने बड़ी बी की ठोड़ी पकड़ ली और उसके मुरझाए हुए होंटों का बोसा ले कर, झूठ बोलते हुए कहा : "मैंने अपनी

ज़िन्दगी में सैकड़ों औरतें देखी हैं, लेकिन ख़ुदा वाहिद शाहिद है कि तुम-ऐसी औरत से मेरा कभी वास्ता नहीं पड़ा...तुम किसी भी मर्द के लिए नेमते-गैरमुतरक़्क़िबा[13] हो...मुझे अफ़सोस है कि मैंने अपनी ज़िन्दगी की पहली चोरी तुम्हारे मकान से शुरू की...यह ज़ेवर पड़े हैं...मैं कल आऊँगा, बशर्ते कि तुम वादा करो कि मकान में और कोई नहीं होगा।"

बुढ़िया यह सुन कर बहुत ख़ुश हुई : "ज़रूर आना...तुम जैसा चाहते हो, वैसा ही होगा...घर में एक मच्छर तक भी नहीं होगा, जो तुम्हारे कानों को तकलीफ़ दे ...मुझे अफ़सोस है कि घर में सिर्फ़ एक रुपया आठ आने हैं...तुम कल आना... मैं तुम्हारे लिए बीस-पच्चीस हज़ार रुपये बैंक से निकलवा रखूँगी...यह लो अपना पिस्तौल।"

मैंने अपना पिस्तौल लिया और वहाँ से दुम दबाकर भागा।

पहला वार ख़ाली गया था—मैंने सोचा, कहीं और कोशिश करनी चाहिए—क़र्ज़ अदा करने के सिलसिले में जो प्लान मैंने बताया था, उसकी तक्मील भी होनी चाहिए।

चुनांचे मैंने एक जगह और कोशिश की—सर्दियों के दिन थे। सुबह के छह बजनेवाले थे। यह ऐसा वक़्त होता है, जब सब गहरी नींद सो रहे होते हैं—मुझे एक मकान का पता था कि उसका जो मालिक है, बड़ा मालदार है, बहुत कंजूस है; अपना रुपया बैंक में नहीं रखता, घर में रखता है—मैंने सोचा, उसके यहाँ चलना चाहिए।

मैं वहाँ पहुँच गया। किन मुश्किलों से अन्दर दाख़िल हुआ, बयान नहीं कर सकता। बहरहाल पहुँच गया।

साहिबे-ख़ाना, जो माशाअल्लाह जवान थे, सो रहे थे—मैंने उनके सरहाने से चाबियाँ निकालीं और अलमारियाँ खोलना शुरू कर दीं।

एक अलमारी में काग़जात थे और कुछ फ्रेंच लैदर। मेरी समझ में न आया कि यह शख़्स, जो कँवारा है, फ्रेंच लैदर कहाँ इस्तेमाल करता है—दूसरी अलमारी में कपड़े थे। तीसरी बिलकुल ख़ाली थी। मालूम नहीं, उसमें ताला क्यों पड़ा था।

और कोई अलमारी नहीं थी। मैंने तमाम मकान की तलाशी ली, लेकिन मुझे एक पैसा भी नज़र न आया—मैंने सोचा, इस शख़्स ने ज़रूर अपनी दौलत कहीं दबा के रखी होगी। चुनांचे मैंने उसके सीने पर भरा हुआ पिस्तौल रखकर उसे जगाया।

वह ऐसा चौंका और बिदका कि मेरा पिस्तौल फ़र्श पर जा पड़ा।

मैंने एकदम पिस्तौल उठाया और उससे कहा : "मैं चोर हूँ और यहाँ चोरी करने आया हूँ...तुम्हारी तीन अलमारियों से मुझे एक दमड़ी भी नहीं मिली है, हालाँकि मैंने सुना था कि तुम बड़े मालदार आदमी हो।"

वह शख़्स, जिसका नाम मुझे अब याद नहीं, मुस्कराया। वह अंगड़ाई ले कर उठा और मुझसे कहने लगा : "यार, तुम चोर हो तो तुमने मुझे पहले इत्तिला दी

होती...मुझे चोरों से बहुत प्यार है...यहाँ जो भी आता है, वह ख़ुद को बड़ा शरीफ आदमी कहता है, हालाँकि वह अव्वल दर्जे का काला चोर होता है...तुम चोर हो, और तुमने अपने आपको छुपाया नहीं है...मैं तुमसे मिलकर बहुत ख़ुश हुआ हूँ।"

यह कहकर उसने मुझसे हाथ मिलाया। इसके बाद उसने रेफ़्रीजीरेटर खोला—मैं समझा कि शायद वह मेरी तवाज़ों शबत वग़ैरह से करेगा, लेकिन उसने मुझे बुलाया और खुले हुए रेफ़्रीजीरेटर के पास ले जा कर कहा : "दोस्त, मैं अपना सारा रुपया इसमें रखता हूँ...यह सन्दूक़ची देखते हो...इसमें क़रीब-क़रीब एक लाख रुपया पड़ा है...तुम्हें कितना चाहिए?"

उसने सन्दूक़ची बाहर निकाली, जो यख़बस्ता[14] थी। उसे खोला। अन्दर सब्ज़ रंग के नोटों की गड्डियाँ पड़ी थीं—एक गड्डी निकालकर उसने मेरे हाथ में थमा दी और कहा : "बस इतने काफ़ी होंगे...दस हज़ार हैं।"

मेरी समझ में न आया कि उसे क्या जवाब दूँ—मैं तो चोरी करने आया था—मैंने गड्डी उसको वापिस दी और कहा : "साहब, मुझे कुछ नहीं चाहिए...मुझे माफ़ी दीजिए...फिर कभी हाज़िर हूँगा।"

मैं वहाँ से, आप समझिए कि दुम दबाकर भागा—घर पहुँचा तो सूरज निकल चुका था।

मैंने सोचा कि चोरी का इरादा तर्क कर देना चाहिए—दो जगह कोशिश की, मगर कामयाब न हुआ—अगली रात कोशिश की जा सकती थी, मगर कामयाबी यक़ीनी नहीं थी—और क़र्ज़ बदस्तूर अपनी जगह पर मौजूद था, जो मुझे बहुत तंग कर रहा था—हलक़ में, यूँ समझिए, एक फ़ाँस-सी अटक गयी थी।

मैंने बिलआख़िर यह इरादा कर लिया कि जब अच्छी तरह सो चुकूँगा तो उठकर ख़ुदकुशी कर लूँगा।

मैं सो रहा था कि दरवाज़े पर दस्तक हुई।

मैं उठा—दरवाज़ा खोला—एक बुज़ुर्ग खड़े थे—मैंने उनका आदाब अर्ज़ किया।

उन्होंने मुझसे फ़रमाया : "यह लिफ़ाफ़ा देना था, इसलिए आपको तकलीफ़ दी ...माफ़ फ़रमाइएगा, आप सो रहे थे, और मैंने आपको जगा दिया..."

मैंने उनसे लिफ़ाफ़ा ले लिया—वह सलाम करके चले गये।

मैंने दरवाज़ा बन्द किया—लिफ़ाफ़ा काफ़ी वज़नी था—मैंने उसे खोला और देखा कि सौ-सौ रुपए के बेशुमार नोट है। गिने तो पचास हज़ार निकले—एक मुख़्तसर-सा रुक्का था, जिसमें लिखा था कि आपके यह रुपये मुझे बहुत देर से अदा करने थे; अफ़सोस है कि मैं अब अदा करने के क़ाबिल हुआ हूँ।

मैंने बहुत ग़ौर किया कि वह साहब कौन हो सकते हैं, जिन्होंने मुझसे कर्ज़ लिया था—सोचते-सोचते मैंने सोचा कि हो सकता है, किसी ने मुझसे क़र्ज़ लिया हो, जो मुझे याद न रहा हो।

लिफ़ाफ़ा तकिए के नीचे रखकर मैंने सारा हिसाब कर लिया : बीस हज़ार अपनी बीवी को, पन्द्रह हज़ार रुपये अपनी बेवा बहन को—दो हज़ार क़र्ज़ के—बाक़ी बचे बारह हज़ार, इसलिए कि एक हज़ार मैंने अच्छी शराब के खाते में रख लिये थे—पहाड़ पर जाने और दूध पीने का ख़याल मैंने छोड़ दिया।

दरवाज़े पर फिर दस्तक हुई—उठकर बाहर गया। दरवाज़ा खोला—मेरा एक क़र्ज़ख़्वाह खड़ा था। उसने मुझसे पाँच सौ रुपये लेना था—मैं लपककर अन्दर गया—तकिए के नीचे नोटों का लिफ़ाफ़ा देखा, मगर वहाँ कुछ मौजूद न था।

---

1. डाँट-फटकार; 2. लज्जित; 3. खर्च; 4. विवेक और प्रतिभा; 5. यातना; 6. तुरन्त, शीघ्र; 7. मज़बूरी; 8. निर्धन; 9. लज्जा; 10. नितान्त; 11. घृणित; 12. हुक्म जतानेवाले; 13. अत्यधिक धन; 14. ठण्ड से जमी हुई।

मौसम की शरारत

शाम को सैर के लिए निकला और टहलता-टहलता उस सड़क पर हो लिया जो कश्मीर की तरफ़ जाती है।

सड़क के चारों तरफ़ चीड़ और देवदार के दरख़्त, ऊँची-ऊँची पहाड़ियों के दामन पर काले फ़ीते की तरह फैले हुए थे। कभी-कभी हवा के झोंके उस फ़ीते में एक कपकपाहट सी पैदा कर देते। मेरे दायें हाथ को एक ऊँचा टीला था जिसके ढलवानों में गुन्दुम के हरे पौधे निहायत ही मद्धिम सरसराहट पैदा कर रहे थे। ये सरसराहट कानों को बहुत भली मालूम होती थी। आँखें बन्द कर लो तो यूँ मालूम होता कि तसव्वुर के गुदगुदे कालीनों पर कई कँवारियाँ रेशमी साड़ी पहने चल-फिर रही हैं। उन ढलवानों के बहुत ऊपर चीड़ के ऊँचे-ऊँचे दरख़्तों का एक हुजूम था। बायीं तरफ़ सड़क के बहुत नीचे एक छोटा सा मकान था, जिसको झाड़ियों ने घेर रखा था। उससे कुछ-कुछ फ़ासले पर पस्त-क़द झोंपड़े थे जैसे किसी हसीन चेहरे पर तिल।

हवा गीली और पहाड़ी घास की भीनी-भीनी बास से लदी हुई थी। मुझे इस सैर में एक नाक़ाबिल-ए-बयान लज़्ज़त महसूस हो रही थी।

सामने टीले पर दो बकरियाँ बड़े प्यार से एक दूसरी को अपने नन्हे-नन्हें सींगों से रेल रही थीं। उनसे कुछ फ़ासले पर कुत्ते का एक पिल्ला जो कि जसामत में मेरे बूट के बाराबर था, एक भारी-भरकम भैंस की टाँग से लिपट कर उसे डराने की कोशिश कर रहा था। वह शायद भौंकता भी था, क्योंकि उसका मुँह बार-बार खुलता था मगर उसकी आवाज़ मेरे कानों तक नहीं पहुँचती थी।

मैं ये तमाशा देखने के लिए ठहर गया। कुत्ता का पिल्ला देर तक भैंस की टाँगों पर अपने पंजे मारता रहा। मगर उसकी इन धमकियों का असर न हुआ। जवाब में भैंस ने दो-तीन बार अपनी दुम हिला दी और बस! ...लेकिन एकाएकी जबकि पिल्ला हमले के लिए आगे बढ़ रहा था भैंस ने ज़ोर से अपनी दुम हिलाई। किसी स्याह-सी चीज़ को अपनी तरफ़ बढ़ते देख कर वह इस अन्दाज़ से उछला कि मुझे बेइख़्तियार हँसी आ गयी।

मैं उनको छोड़ कर आगे बढ़ा।

आसमान पर बादल के सफ़ेद टुकड़े फैले हुए बादबान मालूम होते थे जिनको हवा इधर से उधर ढकेल रही थी। सामने पहाड़ की चोटी पर एक क़द-आवर दरख़्त बड़े बावक़ार अन्दाज़ में सन्तरी की तरह अकड़ा हुआ था। उसके पीछे बादल का एक टुकड़ा झूम रहा था। बादल, ये दराज़-क़द दरख़्त और पहाड़ी...तीनों मिलकर बहुत बड़े जहाज़ का मंज़र पेश कर रहे थे।

मैं नेचर की इस तस्वीरकशी को बेख़ुद हो कर देख रहा था कि दफ़अतन लारी के हॉर्न ने मुझे चौंका दिया। ख़यालों की दुनिया से उतर कर मैं आवाज़ों की दुनिया में आ गया। मन की आँखें बन्द हो गयीं। मसामों के सारे कान खुल गये। मैं फ़ौरन सड़क के एक तरफ़ हट गया।

लॉरी परकार की तरह बड़ी तेज़ी से मोड़ के निस्फ़ दायरे पर घूमी और हाँफती हुई मेरे पास से गुज़र गयी।

एक और लारी गुज़रने पर मोड़ के अक़ब से पाँच छह गायें नमूदार हुईं, जो सिर लटकाये हौले-हौले चल रही थीं। मैं अपनी जगह पर खड़ा रहा। जब वे मेरे आगे से गुज़र गयीं तो मैंने क़दम उठाया और मोड़ की जानिब बढ़ा।

चन्द गज़ों का फ़ासला तय करने पर जब मैं सड़क के बायें हाथ वाले टीले के एक बहुत बड़े पत्थर के आगे निकल गया जो मोड़ पर संगीन पर्दे का काम देकर सड़क के दूसरे हिस्से को बिलकुल ओझल किये हुए था तो दफ़अतन मेरी नज़रें एक ख़ुद रौ पौधे से दो चार हुईं।

वह जवान थी। उस गाय की तरह जवान, जिसके पुट्ठे जवानी के जोश से फड़क रहे थे और जो उसके पास से अपने अन्दर हज़ारों कपकपाहटें लिये गुज़र रही थी—मैं ठहर गया।

वह एक नन्हे से बछड़े को हाँक रही थी। दो-तीन क़दम चलकर बछड़ा ठहर गया और अपनी जगह पर ऐसा जमा कि हिलने का नाम न लिया। लड़की ने बहुतेरा ज़ोर लगाया, लाख-जतन किये वह एक क़दम आगे न बढ़ा और कान समेट कर ऐसा ख़ामोश हुआ गोया वह किसी की आवाज़ ही नहीं सुनता। ये तेवर देख कर लड़की ने अपनी छड़ी से काम लेना चाहा। मगर चीड़ की पतली-सी टहनी कारआमद साबित न हुई। थक हार कर उसने बड़ी मायूसी और इन्तिहाई गुस्से की मिली-जुली हालत में अपने दोनों पाँव ज़मीन पर ज़ोर से मारे और कन्धों को जुम्बिश देकर इस अन्दाज़ से खड़ी हो गयी, गोया उस हैवान से कहना चाहती है, "लो अब हम भी यहाँ से एक इन्च न हिलेंगे।"

मैं अभी लड़की की इस प्यारी हरकत को मज़ा लेने की ख़ातिर अपने ज़हन में दुहराने ही वाला था कि दफ़अतन बछड़ा ख़ुद ब ख़ुद उठ भागा। वह इस तेज़ी के साथ दौड़ रहा था कि उसकी कमज़ोर टाँगें मेज़ के ढीले पायों की तरह लड़खड़ा रही थीं।

लड़की बछड़े की इस शरारत पर बहुत मुतहय्यर और ख़श्मनाक हुई। न जाने मैं क्यों खुश हुआ कि इसी असन में उसने मेरी तरफ़ देखा और मैंने उसकी तरफ़। हम दोनों बयक वक़्त हँस पड़े। फ़ज़्ज़ा पर तारों का छिड़काव सा हो गया।

ये सब कुछ एक लम्हे के अन्दर-अन्दर हुआ। उसने फिर मेरी तरफ़ देखा। मगर इस दफ़अ सवाल करने वाली लाज भरी आँखों से—शायद उसको अब इस बात का एहसास हुआ था कि उसकी मुस्कराहट किसी ग़ैर मर्द के तबस्सुम से जा टकराई है।

वह गहरे सब्ज़ रँग का दुपट्टा ओढ़े हुए थी कि उस पास की हरयावल ने अपनी सब्ज़ी उसी से मुसतआर ली है। उसकी शलवार भी उसी रँग की थी। अगर वह कुर्ता भी उसी रँग का पहने होती तो दूर से देखने वाले यही समझते कि सड़क के दरमियान एक छोटा-सा दरख़्त उग रहा है।

हवा के मुलायम झोंके उसके सब्ज़ दुपट्टे में बड़ी प्यारी लहरें पैदा कर रहे थे। ख़ुद को बेकार खड़ी देख कर और मुझको अपनी तरफ़ घूरते पा कर वह बैचेन-सी हो गयी और इधर-उधर यूँ ही देखा कि जैसे किसी का इन्तिज़ार कर रही है। फिर अपने दुपट्टे को सँवार कर उसने उस तरफ़ का रुख़ किया, जिधर गायें आहिस्ता-आहिस्ता जा रही थीं।

मैं उससे कुछ फ़ासले पर बायें हाथ पत्थरों के पास खड़ा था, जो सड़क के किनारे-किनारे दीवार की शक्ल में चुने हुए थे।

जब वह मेरे क़रीब आयी तो ग़ैर इरादी तौर पर उसने मेरी तरफ़ निगाहें उठायीं। लेकिन फ़ौरन सिर को झटक कर नीचे झुका लीं। कूल्हें मटकाती और छड़ी हिलाती मेरे पास से यूँ गुज़री जैसे कभी-कभी मेरा अपना ख़याल मेरे ज़हन से अपना कान्धा रगड़ कर गुज़र जाया करता है।

उसके स्लीपर जो ग़ालिबन उसके पाँव में खुले थे सड़क पर घिसटने से शोर पैदा कर रहे थे। थोड़ी दूर जा कर उसने अपने क़दम तेज़ किये और फिर दौड़ना शुरू कर दिया। बीस-पच्चीस गज़ के फासले पर वह पत्थरों से चुनी हुई दीवार पर फुर्ती से चढ़ी और मुझे एक नज़र देख कर दूसरी तरफ़ कूद गयी, फिर दौड़ कर एक झोंपड़े की छत पर चढ़ कर मुंडेर पर बैठ गयी।

उसकी ये हरकात...यानी...यानी...मेरी तरफ़ उसका तीन बार मुड़-मुड़ कर देखना...क्या उसकी मुस्कराहट के साथ मेरे तबस्सुम के कुछ ज़र्रे तो चिमट कर नहीं रह गये थे?...

इस ख़याल ने मेरी नब्ज़ की धड़कन तेज़ कर दी। थोड़ी देर के बाद मुझे थकावट सी महसूस होने लगी। मेरे पीछे झाड़ियों में जंगल के पंछी गीत बरसा रहे थे—हवा में घुली हुई मौसीक़ी मुझे किस क़दर प्यारी मालूम हुई। न जाने मैं कितने घूँट उस राग मिली हवा के गटाग़ट पी गया।

झोंपड़े से कुछ दूर झाड़ियों के पास लड़की की गायें घास चर रही थीं। उनसे

परे पथरीली पगडंडी पर एक कश्मीरी मज़दूर घास का गट्ठा कमर पर लादे ऊपर चढ़ रहा था। दूर—बहुत दूर एक टीले से धुँआ बल खाता हुआ आसमान की नीलाहट में घुल-मिल रहा था। मेरे गिर्द-ओ-पेश पहाड़ियों की बुलन्दियों पर हरे-हरे चीड़ों और साँवले पत्थरों के चौड़े-चकले सीनों पर डूबते हुए सूरज की ज़र्री किरणें स्याह और सुनहरे रँग के मख़लूत साये बिखेर रही थीं। कितना सुन्दर और सुहाना समाँ था।

मैंने अपने आपको अज़ीमुश्शान मुहब्बत में घिरा हुआ पाया।

वह जवान थी। उसकी नाक उस पेन्सिल की तरह सीधी और सुतवाँ थी जिससे मैं ये सतरें लिख रहा हूँ। उसकी आँखें—मैंने उस जैसी आँखें बहुत कम देखी हैं। उस पहाड़ी एलाके की सारी गहराइयाँ उनमें सिमट कर रह गयी थीं। पलकें घनी और लम्बी थीं। जब वह मेरे पास से गुज़री थी तो धूप की एक लरज़ा शुआज उसकी पलकों में उलझ गयी थी।

उसका सीना मज़बूत और कुशादा था। उसमें जवानी साँस लेती थी। कन्धे चौड़े, बाहें गोल गदराहट से भरपूर, कानों में चाँदी के लम्बे-लम्बे बुन्दे थे। बाल देहातियों की तरह सीधी माँग निकाल कर गुँथे हुए थे, जिससे उसके चेहरे पर वक़ार पैदा हो गया था।

वह झोंपड़े की मटियाली छत पर बैठी अपनी छड़ी से मुँडेर कूद रही थी और मैं सड़क पर खड़ा था।

"किस क़दर बेवकूफ हूँ", दफ़अतन मैंने होश सँभाला और अपने दिल से कहा। "अगर कोई मुझे इस तरह उसको घूरता हुआ देख ले तो क्या कहे...इसके अलावा ये क्यों कर हो सकता है?"

"ये क्यों कर हो सकता है?" जब मैंने इन अल्फ़ाज़ पर ग़ौर किया तो मालूम हुआ कि मैं किसी और ही ख़याल में था। इस एहसास पर मुझे हँसी आ गयी और यूँ ही एक बार उसको और देख कर सैर के क़स्द से आगे बढ़ा। दो ही क़दम चल कर मुझे ख़याल आया कि "यहाँ बटोत में मुझे सिर्फ़ चन्द रोज़ क़याम करना है क्यों न रूख़्सत होते वक़्त उसको सलाम कर लूँ। इसमें हर्ज़ ही क्या है। शायद मेरे सलाम का एक-आध ज़र्रा उसके हाफ़िज़े पर हमेशा के लिए जम जाय।

मैं ठहर गया और कुछ देर मुन्तज़िर रहने के बाद मैंने सचमुच उसको सलाम करने के लिए अपना हाथ माथे की तरफ़ बढ़ाया। मगर फ़ौरन ही इस अहमक़ाना हरकत से बाख़बर हो कर हाथ को यूँ ही हवा में हिला दिया और सीटी बजाते हुए क़दम तेज कर दिये।

मई का गर्म दिन शाम की खुन्की में आहिस्ता-आहिस्ता घुल रहा था।

सामने पहाड़ियों पर हल्का सा धुँआ छा गया था, जैसे खुशी के आँसू आँखों के आगे एक चादर-सी तान देते हैं। उस धुंधलके में चीड़ के दरख़्त तहत-ए-शऊर में छिपे हुए ख़यालात मालूम हुए। ये एक ही क़तार में फैलते चले गये थे।

मेरे पास ही एक झाड़ी पर मोटा-सा कौआ अपने स्याह और चमकीले पर फैलाये सुस्ता रहा था...हवा का हर झोंका मेरे जिस्म के उन हिस्सों के साथ छू कर जो कपड़ों से आज़ाद थे। एक ऐसी मुहब्बत का पैग़ाम दे रहा था, जिससे मेरा दिल इससे क़ब्ल बिलकुल ना आशना था।

मैंने आसमान की तरफ़ निगाहें उठायीं और मुझे ऐसा महसूस हुआ कि वह मेरी तरफ़ हैरत से देख कर ये कहना चाहता है, "सोचते क्या हो—जाओ मुहब्बत करो।"

मैं सड़क के किनारे पत्थरों की दीवार पर बैठ गया और उस...उसकी तरफ़ डरते-डरते देखा कि मबादा कोई रहगुज़र सारा मामला ताड़ जाय। वह उसी तरह सिर झुकाये अपनी जगह पर बैठी थीं। उसे इस खेल में क्या लुत्फ़ आता है?...वह अभी थकी नहीं? क्या उसने वाक़ई दो बार मेरी तरफ़ मुड़कर देखा? क्या वह जानती हैं कि मैं उसकी मुहब्बत में गिरफ़्तार हूँ?" आख़िर सवाल किस क़दर मज़हका ख़ेज़ था...मैं झेंप गया, लेकिन...इसके बावजूद उसको देखने से ख़ुद को बाज़ न रख सका।

एक मर्तबा जब मैंने उसको देखने के लिए अपनी गर्दन मोड़ी तो क्या देखता हूँ कि उसका मुँह मेरी तरफ़ है और वह मुझे देख रही है—मैं मख़मूर हो गया।

मेरे और उसके दरमियान गो फ़ासला काफ़ी था। मगर मेरी आँखें जिनमें मेरे दिल की बसारत भी चली आयी थी, महसूस कर रही थीं कि सपनों का घूँघट काढ़े मेरी तरफ़ देख रही है...मेरी तरफ़...मेरी तरफ़।

मेरे सीने से बेइख्तियार आह निकल गयी—अजीब बात है कि सुख और चैन का हाथ भी दर्द-भरे तारों ही पर पड़ता है...इस आह में कितनी राहत थी—कितना सुकून था। उस लड़की ने जो मेरे सामने झोंपड़े की छत पर बैठी थी मेरे शबाब के हर रँग को शोख़ कर दिया था। मेरे रोएँ रोएँ से मुहब्बत फूट रही थी। शेरयत, जो मेरे सीने के किसी नामालूम कोने में सोई पड़ी थी, अब बेदार हो चुकी थी—क्या दोशीज़गी और शेरयत तौअम बहिनें हैं?

अगर उस वक़्त वह मुझसे हम-कलाम होती तो मैं एक लफ़्ज़ तक अपनी ज़बान से न निकालता। ख़ामोशी मेरी तरजुमान होती—मेरी गूंगी ज़बान कितनी बातें उस तक पहुँचा देती। मैं उसको अपनी ख़ामोशी में लपेट लेता...वह ज़रूर मुतहय्यर होती और इस हालत में बड़ी प्यारी मालूम होती।

इस ख़याल से कि रास्ते में यूँ बेकार खड़े रहना ठीक नहीं, मैं दीवार पर से उठा—मेरे सामने टीले पर जाने के लिए एक पगडंडी थी। ऊपर टीले के किसी पत्थर पर बैठ कर मैं उसको बख़ूबी देख सकता था। चुनांचे दरख़्तों की जड़ों और झाड़ियों का सहारा ले कर मैंने ऊपर चढ़ना शुरू किया। रास्ते में दो-तीन बार मेरा पाँव फिसला और नोकीले पत्थरों पर गिरते-गिरते बचा।

टीले पर जहाँ पत्थर नहीं थे, कहीं-कहीं ज़मीन के छोटे-छोटे टुकड़ों में आलू बोये

हुए थे। इसी किस्म के एक नन्हें से खेत को तय करके मैं एक पत्थर पर बैठ गया और टोपी उतार कर एक तरफ़ रख दी। मेरे दाएँ हाथ को ज़मीन का एक छोटा-सा टुकड़ा था, जिसमें गंदुम उग रही थी।

चढ़ाई की वजह से मेरा दम फूल गया। मगर शाम की ठण्डी हवा ने ये थकान फ़ौरन ही दूर कर दी और मैं जिस काम के लिए आया था उसमें मशग़ूल हो गया।

अब वह झोंपड़े की छत पर खड़ी थी और ख़ुदा मालूम कैसी-कैसी अनोखी आवाज़ें निकाल रही थीं। मेरा ख़याल है कि वह उन दोनों बकरियों को सड़क पर चढ़ने से रोक रही थी, जो घास चरती हुई आहिस्ता-आहिस्ता ऊपर का रुख़ कर रही थीं।

हवा तेज़ थी। गंदुम के पके हुए खोशे खुर-खुर करती हुई बिल्ली की मूँछों की तरह थरथरा रहे थे। झाड़ियों में हवा की सीटियाँ शाम की ख़ामोश फ़ज़ा में इरतिआश पैदा कर रही थीं।

मिट्टी के ढेलों के साथ खेलता हुआ मैं उसकी तरफ़ बहुत देर तक देखता रहा। वह अब झोंपड़े की छत पर बड़े अजीब अन्दाज़ से टहल रही थी। एक मर्तबा उसने अपने सिर को जुम्बिश दी तो मैं समझा कि वह मेरी मौजूदगी से बाख़बर...मुझे देख रही है—मेरी हस्ती के सारे दरवाज़े खुल गये।

जाने कितनी देर तक मैं वहाँ बैठा रहा? ...एकाएकी बदलियाँ घिर आयीं और बारिश शुरू हो गयी। मेरे कपड़े भीग रहे थे। लेकिन मैं वहाँ से क्यों कर जा सकता था जबकि वह...वहीं छत पर खड़ी थी। इस ख़याल से मुझे बड़ी मसर्रत हासिल हुई कि वह सिर्फ़ मेरी ख़ातिर बारिश में भीग रही है।

यकायक बारिश तेज़ हो गयी। वह उठी और मेरी तरफ़ देखे बग़ैर—हाँ मेरी निगाह उठाये बग़ैर छत पर से नीचे उतरी और दूसरे झोंपड़े में दाख़िल हो गयी... मुझे ऐसा महसूस हुआ कि बारिश की बूंदें मेरी हड्डियों तक पहुँच गयी हैं।

पानी से बचाव करने के लिए मैंने इधर-उधर निगाहें दौड़ायीं। मगर पत्थर और झाड़ियाँ पनाह का काम नहीं दे सकती थीं।

डाक बँगले तक पहुँचते-पहुँचते मेरे कपड़े और ख़यालात सब भीग गये—जब वहाँ से सैर को निकला था तो खुश्क आदमी था, रास्ते में मौसम ने शायर बना दिया। वापस आया तो भीगा हुआ आदमी था—सिर्फ़ भीगा हुआ आदमी—बारिश सारी शायरी बहा ले गयी थी।

गिलगित ख़ान

शहबाज़ खान ने एक दिन अपने मुलाज़िम जहाँगीर को, जो उसके होटल में अन्दर-बाहर का काम करता था, उसकी सुस्त रफ्तारी से तंग आकर बरतरफ़ कर दिया—असल में जहाँगीर सुस्त-रौ नहीं था। वह इस क़दर तेज़ था कि उसकी हर हरकत शहबाज़ ख़ान को ग़ैर-मुतहरिक[1] मालूम होती थी।

शहबाज़ ख़ान ने उसको एक महीने की तनख़्वाह दी—जहाँगीर ने उसको सलाम किया और टिकट कटाकर सीधा बिलोचिस्तान चला गया, जहाँ कोयले की खानें निकल रही थीं, और जहाँ उसके कई और दोस्त चले गये थे—उसने गिलगित अपने भाई हमज़ां ख़ान को ख़त लिखा कि वह शहबाज ख़ान को यहाँ मुलाज़िमत कर ले, क्योंकि उसे अपना यह आक़ा पसन्द था।

एक दिन हमज़ा ख़ान, शहबाज़ ख़ान के होटल में आया और एक कार्ड दिखा कर बोला : "खो अम मुलाज़मत चाहता है...अमारे भाई ने लिखा है कि तुम अच्छा और टीक आदमी है...ख़ो अम भी अच्छा और टीक है...तुम कितना पैसा देगा?"

शहबाज़ ख़ान ने हमज़ा ख़ान की तरफ़ देखा—जहाँगीर का भाई तो वह किसी लिहाज़ से दिखायी नहीं देता था। नाटा-सा क़द, नाक चौड़ी-चपटी; निहायत बदशक्ल।

शहबाज़ ख़ान ने उसे एक नज़र देख कर और जहाँगीर का ख़त पढ़कर सोचा कि उसको निकाल बाहर करे, मगर वह नेक आदमी था और उसने कभी किसी साइल[2] को ख़ाली हाथ नहीं जाने दिया था।

हमज़ा ख़ान को चुनांचे उसने पन्द्रह रुपये माहवार पर मुलाज़िम रख लिया और यह हिदायत कर दी कि जो काम उसके सुपुर्द किया जाय, ईमानदारी से करे।

हमज़ा ख़ान ने अपने बदनुमा होंटों पर मुस्कराहट पैदा करते हुए शहबाज़ ख़ान को यक़ीन दिलाया : "ख़ान बादशाह, अम तुमको कबी तंग नहीं करेगा...जो तुम कहेगा, मानेगा।"

शहबाज़ ख़ान यह सुन कर ख़ुश हो गया।

हमज़ा ख़ान ने शुरू-शुरू में कुछ इतना अच्छा काम न किया, लेकिन थोड़े अर्से

में वह सबकुछ सीख गया—चाय कैसी बनायी जाती है, शक्कर के साथ गुड़ कितना डाला जाता है, कोयलेवालियों से कोयले कैसे हासिल किये जाते हैं और ग्राहकों के साथ किस किस्म का सुलुक रवा रखना चाहिए, यह सब उसने सीख लिया।

जब शाहबाज़ ख़ान से कोई उसकी बटेर की मुताल्लिक़ पूछता तो वह कहता : "शहीद हो गया।"

गिलगित ख़ान यह सुनता और अपने कान समेटे ख़ामोश काम में मश्गुल रहता।

उसका टुन-टुन अच्छा हो गया। उसको जो शिकायत थी रफ़ए हो गयी।

गिलगित ख़ान बहुत खुश था। उसने अपने प्यारे कुत्ते की सेहतयाबी पर दो भिखारियों को होटल से खाना खिलाया—शहबाज़ ख़ान ने जब पूछा कि उसने उनसे दाम वुसूल क्यों नहीं किये तो उसने कहा : "कभी-कभी ख़ैरात भी दे देना चाहिए ख़ान!" यह सुन कर शहबाज़ ख़ान चुप हो गया।

एक दिन मैना का एक बच्चा कहीं से उड़ता-उड़ता गिलगित ख़ान के पास आ गिरा, जबकि वह कॉलिज के किसी लड़के के लिए नाश्ता तैयार करके ले जा रहा था। उसने नाश्ते की ट्रे को एक तरफ़ रखा और मैना के बच्चे को, जो बेहद सहमा हुआ था, पकड़कर उस पिंजरे में डाल दिया जिसमें उसके मालिक शाहबाज़ ख़ान की बटेर होती थी।

मैना को उसने सवा महीने तक पाला-पोसा। फिर वह ख़ासी मोटी हो गयी। ख़ूब चहकती थी।

एक दिन उसका टुन-टुन आ गया। उसने मैना को देखा तो बेताब हो गया। ऐसा लगता था कि वह चाहता है, किसी तरह मैना तक रसाई हो जाय और वह उसे चबा डाले।

गिलगित ख़ान ने जब देखा कि पिंजरा ऊपर खूँटी के साथ टँगा है, जहाँ उसका टुन-टुन नहीं पहुँच सकता, और बड़ी हसरत भरी नज़रों से मैना को देख रहा है तो उसने पिंजरे में से मैना को निकाला, उसके पर नोंचे, गर्दन मरोड़ी और अपने अज़ीज़ कुत्ते के सिपुर्द कर दी।

टुन-टुन ने उस बे-बालों-पर परिंदे की लाश को दो-तीन मर्तबा सूँघा। बड़े ज़ोर की एक छींक उसके नथुनों से बाहर निकली और वह वहाँ से दौड़ गया।

गिलगित ख़ान को बड़ा सद्मा हुआ।

उसी दिन कॉलिज की वह दो लड़कियाँ, जो बाक़ायदा चाय पीने के लिए आती थीं और जिनका वह ख़ास तौर पर ख़याल रखता था, आयीं—पहले वह उससे हँस-हँस के बातें किया करती थीं, मगर अब उन्हें जाने क्या हो गया था कि वह उससे ख़फ़ा-ख़फ़ा नज़र आती थीं।

एक ने, जो गिलगित ख़ान को बहुत पसन्द थी, उससे पूछा : "तुमने मैना क्यों

मारी?"

गिलगित ख़ान एक लह्ज़े के लिए बौखला-सा गया, लेकिन सँभलकर उसने जवाब दिया : "खो बीबी जी, अमने अपने कुत्ते को डाला था।"

उसने पूछा : "क्या उसने खायी?"

"ख़ो हराम तुख़्म ने उसको सूँघा और छोड़ दिया।"

लड़की ने कहा : "तो उसको मारने से क्या फ़ायदा हुआ...तुमने पहले भी उसको ख़ान साहब की बटेर ज़िबह करके दी थी...क्या उसने खायी थी?"

गिलगित ख़ान ने बड़े फ़ख्र से जवाब दिया : "खायी थी...उसकी हड्डियाँ भी।"

शहबाज़ ख़ान पास खड़ा था—उसने जब यह सुना तो बड़े ज़ोर की एक धौल गिलग़ित ख़ान की गर्दन पर जमाई : "तुख़्म हराम, तुमने अब माना है...पहले क्यों इनकार किया था?"

गिलगित ख़ान ख़ामोश रहा।

दोनों लड़कियों ने क़हक़हे लगाये।

गिलगित ख़ान को धौल का इतना ख़याल नहीं था, लेकिन लड़कियों के उन क़हक़हों ने उसके दिल को ज़ख्मी कर दिया।

शहबाज़ ख़ान को बहुत गुस्सा था—गिलगित ख़ान के धौल जमाकर वह उस पर बरस पड़ा। जितनी गालियाँ उसे याद थीं, उसने अपने नौकर पर सर्फ़ कर दीं, और आख़िर में उससे कहा : "तुम उस टुन-टुन या चुन-चुन से इतना प्यार क्यों करता है...हरामख़ोर, वह भी कोई कुत्ता है...तुमसे ज़्यादा बदशक्ल है...इतना बदशक्ल कि उसको देखकर नफ़्रत पैदा होता है।"

शहबाज़ ख़ान से मार खाकर और उसकी ग़ुस्से की सारी बातें सुनकर, गिलगित ख़ान ऊपर अपनी कोठड़ी में गया...उसके कानों में कॉलिज की दोनों लड़कियों के क़हक़हे गूँज रहे थे।

कोठड़ी के एक कोने में उसका टुन-टुन लेटा था, कुछ अजीब अन्दाज़ से टाँगें दीवार के साथ लगाये, जो इस क़दर टेढ़ी थीं कि और ज़्यादा टेढ़ी हो ही नहीं सकती थीं।

गिलगित ख़ान ने कुछ देर ग़ौर किया। इसके बाद उसने अपना कमानीवाला चाकू निकाला और टुनटुन की तरफ़ बढ़ा—मगर फिर उसे कोई और ख़याल आया। उसने कमानीवाला चाकू बन्द करके अपनी जेब में रखा और कुत्ते को बड़े प्यार से बुला करअपने साथ ले गया।

जब गिलगित ख़ान और टुन-टुन रेलवे लाइन के पास पहुँचे तो गाड़ी आ रही थी।

गिलगिल ख़ान ने अपने प्यारे कुत्ते को हुक्म दिया कि वह पटड़ियों के ऐन दरमियान खड़ा हो जाय।

उस हैवान टुन-टुन ने अपने आक़ा के हुक्म की तामील की।

गाड़ी पूरी रफ़्तार से आ रही थी।

टुनटुन पटड़ियों के ऐन दरमियान खड़ा गिलगित ख़ान की तरफ़ देख रहा था, ऐसी निगाहों से, जिनसे वफ़ादारी टपकर रही थी।

गिलगिल ख़ान ने एक नज़र अपनी तरफ़ देखा—उसने महसूस किया कि उसका कुत्ता उससे कहीं ज़्यादा ख़ुश शक्ल है।

गाड़ी क़रीब आयी तो उसने टुन-टुन को धक्का देकर पटरियों से बाहर गिरा दिया और ख़ुद गाड़ी की झपेट में आ गया—उसका बिलकुल क़ीमा हो गया।

कुत्ते ने गोश्त के उस ढेर को सूँघा और ज़ोर-ज़ोर से बड़ी दर्दनाक आवाज़ में रोने लगा।

---

1. स्थिर; 2. ज़रूरतमन्द।

हरे सैंडल

"आपसे अब मेरा निबाह बहुत मुश्किल है...मुझे तलाक़ दे दीजिए।"

"लाहौलवला, कैसी बातें मुँह से निकाल रही हो...तुममें सबसे बड़ा ऐब एक यही है कि वक़्तन-फ़वक़्तन तुम पर ऐसे दौरे पड़ते हैं कि होशो-हवास खो देती हो।"

"आप तो बड़े होशो-हवास के मालिक हैं...चौबस घंटे शराब के नशे में धुत रहते हैं।"

"मैं शराब ज़रूर पीता हूँ, लेकिन तुम्हारी तरह बिन पिये मदहोश नहीं रहता ...वाही-तबाही नहीं बकता।"

"गोया मैं वाही-तबाही बक रही थी?"

"यह मैंने कब कहा...लेकिन तुम ख़ुद सोचो, यह तलाक़ लेना क्या है?"

"बस, मैं लेना चाहती हूँ...जिस ख़ाविन्द को अपनी बीवी का ज़र्रा भर ख़याल न हो, उससे तलाक़ न माँगी जाय तो क्या माँगा जाये?"

"तुम तलाक़ के अलावा और सब चीज़ें मुझसे माँग सकती हो।"

"आप मुझे दे ही क्या सकते हैं?"

"यह एक नया इल्ज़ाम तुमने मुझ पर धरा है...तुम्हारी-ऐसी ख़ुशनसीब औरत और कौन होगी?"

"लानत है ऐसी ख़ुशनसीबी पर।"

"लानत न भेजो...मालूम नहीं, तुम किस बात पर नाराज़ हो, लेकिन मैं तुम्हें ख़ुलूसे-दिल[1] से यक़ीन दिलाता हूँ कि मुझे तुमसे बेपनाह मुहब्बत है।"

"ख़ुदा मुझे इस मुहब्बत से पनाह दे।"

"अच्छा, छोड़ो इन जली-कटी बातों को...बताओ बच्चियाँ स्कूल चली गयीं?"

"आपको उनसे क्या दिलचस्पी है...स्कूल जायें या जहन्नम में...मैं तो दुआ करती हूँ, मर जायें।"

"किसी रोज़ तुम्हारी ज़ुबान मुझे जलते चिमटे से बाहर खींचना पड़ेगी...शर्म नहीं आती कि अपनी औलाद के लिए ऐसी बकवास कर रही हो!"

"मैंने कहा, मेरे साथ ऐसी बदकलामी न कीजिए...शरम आपको आनी चाहिए

कि एक औरत से, जो आपकी बीवी है और जिसका एहतिराम[2] आप पर फ़र्ज़ है, आप बाज़ारी अन्दाज़ में गुफ़्तगू कर रहे हैं...असल में यह सब आपकी बुरी सोसाइटी का क़ुसूर है।"

"और जो तुम्हारे दिमाग़ में ख़लल है, उसकी वजह क्या है?"

"आप, और कौन?"

"क़ुसूरवार हमेशा तुम मुझे ठैराती हो...समझ में नहीं आता, तुम्हें क्या हो गया है।"

"मुझे क्या हुआ है...हुआ है तो सिर्फ़ आप हुए हैं...हर वक़्त मेरे सर पर सवार रहते हैं...मैं आपसे कह चुकी हूँ, मुझे तलाक़ दे दीजिए।"

"क्या दूसरी शादी करने का इरादा है...मुझसे उकता गयी हो।"

"थू है आप पर...मुझे कोई ऐसी-वैसी औरत समझा है?"

"तो फिर तलाक़ ले कर क्या करोगी?"

"जहाँ सींग समाये, चली जाऊँगी...मेहनत-मज़दूरी करूँगी...अपना और अपनी बच्चियों का पेट पालूँगी।"

"तुम मेहनत-मजदूरी कैसे कर सकोगी...सुबह नौ बजे उठती हो, नाश्ता करके फिर लेट जाती हो, दोपहर का खाना खाने के बाद कम अज़ कम तीन घंटे सोती हो...ख़ुद को धोखा तो न दो।"

"जी हाँ, मैं तो हर वक़्त सोई रहती हूँ और आप हैं कि हर वक़्त जागते रहते हैं...अभी कल ही आपके दफ़्तर से एक आदमी आया था; वह कह रहा था कि हमारे अफ़सर साहब को जब देखो, मेज़ पर सर रखे अंटा ग़फ़ील होते हैं।"

"वह कौन था उल्लू का पट्ठा?"

"आप अपनी ज़बान दुरुस्त कीजिए।"

"भई, मुझे ताव आ गया था...गुस्से में आदमी को अपनी ज़बान पर क़ाबू नहीं रहता।"

"मुझे आप पर इतना गुस्सा आ रहा है, लेकिन मैंने ऐसा कोई ग़ैरमुहज़्ज़ब[3] लफ़्ज इस्तेमाल नहीं किया...इंसान को हमेशा दायरा-ए-तहजीब में रहना चाहिए ...मगर यह सब आपकी बुरी सोसाइटी की वजह है, जो आप ऐसे अल्फ़ाज़ अपनी गुफ़्तगू में इस्तेमाल करते हैं।"

"मैं तुमसे पूछता हूँ, मेरी बुरी सोसाइटी कौन-सी है?"

"वह कौन है, जो ख़ुद को कपड़े का बहुत बड़ा ताजिर[4] कहता है...उसके कपड़े कभी आपने मुलाहिज़ा किये...बड़ी अदना क़िस्म के और वह भी मैले चिकट...यूँ तो वह बी. ए. है, लेकिन उसके आदातो-अवतार[5], उठना-बैठना ऐसा वाहियात है कि घिन आती है।"

"वह मर्दे-मज़्ज़ूब[6] है।"

"यह क्या बला होती है?"

"तुम नहीं समझोगी...मुझे बेकार वक़्त जाया करना पड़ेगा।"

"जी हाँ, आपका वक़्त बड़ा कीमती है...ज़रा-सी बात करने पर भी ज़ाया हो जाता है।"

"तुम असल में कहना क्या चाहती हो?"

"मैं कुछ कहना नहीं चाहती...जो कहना था, कह दिया...बस मुझे तलाक दे दीजिए, ताकि मेरी जान छूटे...इन हर रोज़ के झगड़ों से मेरी ज़िन्दगी अजीरन हो गयी है।"

"तुम्हारी ज़िन्दगी तो मुहब्बत से भरे हुए एक कलिमे से भी अजीरन हो जाती है...इसका क्या इलाज है?"

"इसका इलाज़, सिर्फ़ तलाक़ है।"

"तो बुलाओ किसी मौलवी को...तुम्हारी अगर यही ख़्वाहिश है तो मैं इन्कार नहीं करूँगा।"

"मैं कहाँ से बुलाऊँ मौलवी को?"

"भई, तलाक़ तुम चाहती हो...अगर मुझे लेना होती तो मैं दस मौलवी चुटकियों में पैदा कर लेता...मुझसे तुम्हें इस सिलसिले में किसी मदद की तवक़्क़ों नहीं करनी चाहिए...तुम जानो, तुम्हारा काम जाने।"

"आप मेरे लिए इतना काम भी नहीं कर सकते?"

"जी नहीं।"

"आप तो अब तक यही कहते आये हैं कि आपको मुझसे बेपनाह मुहब्बत है।"

"दुरुस्त है...रफ़ाक़त[7] की हद तक...मुफ़ारक़त[8] के लिए नहीं।"

"तो मैं क्या करूँ?"

"जो जी में आये, करो...और देखो, मुझे अब ज़्यादा तंग न करो...किसी मौलवी को बुला लो कि वह तलाक़नामा लिख दें...मैं उस पर दस्तख़त कर दूँगा।"

"हक़्क़े-महर का क्या होगा?"

"तलाक़ चूँकि तुम खुद तलब कर रही हो, इसलिए उसके मुतालने[9] का सवाल ही पैदा नहीं होता।"

"वाह जी वाह!"

"तुम्हारे भाई बैरिस्टर हैं; उनको ख़त लिखकर पूछ लो...जब औरत तलाक़ चाहे तो वह अपना हक़्के-महर तलब नहीं कर सकती।"

"तो ऐसा कीजिए कि आप मुझे तलाक़ दे दें।"

"मैं ऐसी बेवक़ूफी क्यों करने लगा...मुझे तो तुमसे प्यार है।"

"आपके यह चोंचले मुझे पसन्द नहीं...प्यार होता तो मुझसे ऐसा सुलूक करते?"

"तुमसे मैंने क्या बदसुलूकी की है?"

"जैसे आप जानते ही नहीं...अभी परसों-तरसों की बात है, आपने मेरी नयी साड़ी से अपने जूते साफ़ किये थे।"

"खुदा की क़सम, नहीं।"

"तो फिर क्या फ़रिश्तों ने किये थे?"

"मैं इतना जानता हूँ कि आपकी तीनों बच्चियाँ अपने जूतों की गर्द आपकी साड़ी से झाड़ रही थीं...मैंने उनको डाँटा भी था।"

"वह ऐसी बदतमीज़ नहीं हैं।"

"काफ़ी बदतमीज़ हैं, इसलिए कि तुम उनको सही तरबियत[10] नहीं देती हो ...स्कूल से वापस आयें तो उनसे पूछ लेना कि वह साड़ी का नाजाइज़ इस्तेमाल कर रही थीं या कि नहीं।"

"मुझे उनसे कुछ पूछना नहीं है।"

"तुम्हारे दिमाग़ को आज, मालूम नहीं, क्या हो गया है...असल वजह मालूम हो जाय तो मैं कोई नतीजा क़ायम कर सकूँ।"

"आप नतीजे क़ायम करते रहेंगे, लेकिन मैं अपना नतीजा क़ायम कर चुकी हूँ ...बस आप मुझे तलाक दे दीजिए...जिस ख़ाविन्द को अपनी बीवी का मुत्लक़न[11] ख़याल न हो, उसके साथ रहने का क्या फ़ायदा?"

"मैंने हमेशा तुम्हारा ख़याल रखा है।"

"आपको मालूम है, कल ईद है?"

"मालूम है...क्यों...कल ही तो मैं बच्चियों के लिए नये बूट लाया हूँ, और उनके फ्रॉकों के लिए मैंने आज से आठ रोज़ पहले तुम्हें साठ रुपये दिये थे।"

"यह रुपये देकर आपने बड़ा मेरे बाप-दादा पर एहसान किया।"

"एहसान का सवाल ही पैदा नहीं होता...आख़िर बात क्या है?"

"बात यह है कि साठ रुपये कम थे...तीन बच्चियों के लिए आरकंडी चालीस रुपये में आयी; फ़ी फ्रॉक दर्ज़ी ने सात रुपये लिये...बताइए, आपने मुझ पर और बच्चियों पर कौन-सा करम किया।"

"तो एक रुपया तुमने अदा किया।"

"अदा न करती तो फ्रॉक कैसे मिलते।"

"तो वह रुपया मुझसे अभी ले लो...मेरा ख़याल है, सारी नाराज़ी इसी बात की थी।"

"मैं कहती हूँ, कल ईद है।"

"हाँ-हाँ, मुझे मालूम है...मैं दो मुर्ग़ मँगवा रहा हूँ...इसके अलावा सिवइयाँ भी ...तुमने भी कुछ इन्तिज़ाम किया?"

"मैं ख़ाक इन्तिज़ाम करूँगी।"

"क्यों?"

"मैं चाहती थी, कल सब्ज़ साड़ी पहनूँ...सब्ज़ सैंडिल के लिए आर्डर दे आयी थी...आपसे कई मर्तबा कहा कि जाइए और चीनियों की दुकान से दरयाफ़्त कीजिए कि वह सैंडिल अभी तक बनी है या नहीं...मगर आपको मुझसे कोई दिलचस्पी हो तो आप वहाँ जाते।"

"लाहौलवला...यह झगड़ा सारा सब्ज़ सैंडिल का था...जनाब, आपकी यह सैंडिल मैं परसों ही ले आया था...आपकी अलमारी में पड़ी है...आप तो सारा वक़्त सोई रहती हैं...आपने अलमारी खोली ही नहीं होगी..."

---

1. मन की सच्चाई; 2. सम्मान, इज़्ज़त; 3. असभ्य; 4. सौदागर; 5. आचार-व्यवहार; 6. जिस पर आरोप लगाया गया हो; 7. दोस्ती; 8. जुदाई; 9. माँग; 10. लालन-पालन; 11. बिलकुल।

दीवाली के दीये

छत की मुँडेर पर दीवाली के दीये हाँफते हुए बच्चों की तरह धड़क रहे थे।

मुन्नी दौड़ती हुई आयी। अपनी नन्ही-सी घघरी को दोनों हाथों से ऊपर उठाये छत के नीचे गली में मोरी के पास खड़ी हो गयी—उसकी रोई हुई आँखों में मुँडेर पर फैले हुए दियों ने कई चमकीले नगीने जड़ दिये...उसका नन्हा-सा सीना दीये की लौ की तरह काँपा, मुस्करा कर उसने अपनी मुट्ठी खोली, पसीने से भीगा हुआ पैसा देखा और बाज़ार में दीये लेने के लिए दौड़ गयी।

छत की मुँडेर पर शाम की खुन्क हवा में दीवाली के दीये फड़फड़ाते रहे।

सुरेन्द्र धड़कते हुए दिल को पहलू में छिपाये चोरों के मानिन्द गली में दाख़िल हुआ और मुँडेर के नीचे बेकरारी से टहलने लगा—उसने दियों की कतार की तरफ़ देखा। उसे हवा में उछलते हुए ये शोले अपनी रगों में दौड़ते हुए ख़ून के रक्सां क़तरे मालूम हुए—दफ़अतन सामने वाली खिड़की खुली...सुरेन्द्र सिर-ता-पा निगाह बन गया। खिड़की के डंडे का सहारा ले कर एक दोशीज़ा ने झुक कर गली में देखा और फ़ौरन उसका चेहरा तमतमा उठा।

कुछ इशारे हुए। खिड़की चूड़ियों की खनखनाहट के साथ बन्द हुई और सुरेन्द्र वहाँ से मख़मूरी की हालत में चल दिया।

छत की मुँडेर पर दीवाली के दीये दुल्हन की साड़ी में टँके हुए तारों की तरह चमकते रहे।

सरजू कुम्हार लाठी टेकता हुआ आया और दम लेने के लिए ठहर गया। बलग़म उसकी छाती में सड़कें कूटने वाले इंजन की मानिन्द फिर रहा था—गले की रगें दमे के दौरे के बायस धौंकनी की तरह कभी फूलती थीं कभी सिकुड़ जाती थीं। उसने गर्दन उठा कर जगमग-जगमग करते दियों की तरफ़ अपनी धुँधली आँखों से देखा और उसे ऐसा मालूम हुआ कि दूर—बहुत दूर...बहुत से बच्चे क़तार बाँधे खेल-कूद में मसरूफ़ हैं। सरजू कुम्हार की लाठी मनों भारी हो गयी। बलग़म थूक कर वह फिर चींटी की चाल चलने लगा।

छत की मुँडेर पर दीवाली के दीये जगमगाते रहे।

फिर एक मज़दूर आया। फटे हुए गिरेबान में उसकी छाती के बादल बर्बाद घोंसले की तीलियों के मानिन्द बिखर रहे थे। दियों की कतार की तरफ़ उसने सिर उठा कर देखा और उसे ऐसा महसूस हुआ कि आसमान की गन्दली पेशानी पर पसीने के मोटे-मोटे क़तरे चमक रहे हैं। फिर उसे अपने घर के अन्धियारे का ख़याल आया और वह उन थिरकते हुए शोलों की रौशनी कन्खियों से देखता हुआ आगे बढ़ गया।

छत की मुँडेर पर दीवाली के दीये आँखें झपकते रहे।

नये और चमकीले बूटों की चरचराहट के साथ एक आदमी आया और दीवार के क़रीब सिगरेट सुलगाने के लिए ठहर गया। उसका चेहरा अशरफ़ी पर लगी मुहर के मानिन्द जज़्बात से आरी था। कॉलर चढ़ी गर्दन उठाकर उसने दियों की तरफ़ देखा और उसे ऐसा मालूम हुआ कि बहुत सी कुठालियों में सोना पिघल रहा है। उसके चरचराते हुए चमकीले जूतों पर नाचते हुए शोलों का अक्स पड़ रहा था। वह उनसे खेलता हुआ आगे बढ़ गया।

छत की मुँडेर पर दीवाली के दीये जलते रहे।

जो कुछ उन्होंने देखा, जो कुछ उन्होंने सुना, किसी को न बताया। हवा का एक तेज़ झोंका आया और सब दीये एक-एक करके बुझ गये।

तीन मोटी औरतें

एक का नाम मिसिज़ रिच मैन और दूसरी का मिसिज़ सतलफ़ था। एक बेवा थी, तो दूसरी दो शौहरों को तलाक़ दे चुकी थी। तीसरी का नाम मिस हकसैन था। वह अभी ताकतखुदा थी—उन तीनों की उम्र चालीस के लगभग थी और उनकी ज़िन्दगी के दिन मज़े से कट रहे थे।

मिसिज़ सतलफ़ के ख़द्दो-ख़ाल[1] मोटापे की वजह से भद्दे पड़ गये थे। उनकी बाँहें, कन्धे और कूल्हे भारी मालूम देते थे, लेकिन इस अधेड़ उम्र में वह बन-सँवरकर रहती थी। वह नीला लिबास सिर्फ़ इसलिए पहनती थी कि उसकी आँखों की चमक नुमायाँ हो, और बनावटी तरीक़ों से उसने अपने बालों की ख़ूबसूरती भी क़ायम कर रखी थी—उसे मिसिज़ रिचमैन और मिस हकसैन इसलिए पसन्द थीं कि वे दोनों उसकी निस्बत[2] मोटी थीं, और चूँकि वह उम्र में भी उन दोनों से क़दे[3] छोटी थी, वह उसे अपनी बच्ची की तरह ख़याल करतीं—यह कोई नापसन्द बात न थी। वह दोनों ख़ुश-तबीयत थीं और अक्सर तफ़रीहन उसके होनेवाले मंगेतर का ज़िक्र छेड़ देतीं—वह दोनों ख़ुद तो इस इश्क़ो-मुहब्बत की उलझन से कोसों दूर थीं, लेकिन इस मामले में उन्हें मिसिज़ सतलफ़ से पूरी हमदर्दी थी—उन्हें यक़ीन था कि वह कुछ दिनों ही में कोई नया गुल खिलानेवाली है।

वह मिसिज़ सतलफ़ के लिए किसी अच्छे वर की तलाश में थीं। कोई पेंशन-याफ़्ता एडमिरल, जो गॉल्फ़ भी खेलना जानता हो या कोई ऐसा रंडवा, जो घर-बार के जंजाल से आज़ाद हो—बहरहाल यह ज़रूरी था कि उसकी आमदन माकूल हो।

मिसिज़ सतलफ़ उनकी बातें बड़े ग़ौर से सुनती और दिल ही दिल में हँस देती—इसमें कोई शक नहीं कि वह एक बार फिर शादी का तज्रबा करना चाहती थी, लेकिन शौहर के इंतिख़ाब[4] में उसका मज़ाक़ बिलकुल मुख़्तलिफ़[5] था। उसे किसी स्याह रंग और छरहरे बदन के इतालवी की चाहत थी, जिसकी आँखें हद-दर्जा चमकीली हों या कोई हस्पानवी[6] जो आला ख़ानदान से ताल्लुक़ रखता हो और उसकी उम्र किसी सूरत में तीस बरस से एक दिन भी ज़्यादा न हो।

यह सच है कि तीनों एक-दूसरी पर जान देती थीं–उनकी आपस में मुहब्बत की वजह सिर्फ़ मोटापा था, और मुतवातिर इकट्ठे ब्रिज खेलने से उनकी दोस्ती और गहरी हो गयी थी।

उनकी पहली मुलाक़ात करलबसाद में हुई, जहाँ वह एक ही होटल में ठहरती थीं और एक ही डॉक्टर के ज़ेरे-इलाज थीं।

मिसिज़ रिचमैन खुशशक्ल भी थी–उसकी नशीली आँखें, ख़ुदरे गाल और रंगीन होंट बहुत ही दिलफ़रेब और दिलकश थे–उसे हरवक़्त खाने-पीने की फिक्र रहती। मक्खन, बालाई, आलू और चर्बी मिली पुडिंग उसका मनभाता खाजा[7] था। वह साल में ग्यारह महीने तो जी भर के खाती, फिर इलाज के ज़रिये दुबली होने के लिए एक महीना करलबसाद चली जाती–वह दिन-ब-दिन फूलती जा रही थी। उसका अक़ीदा[8] था कि अगर उसे मनमर्ज़ी की ख़ुराक खाने को न मिले तो ज़िन्दगी बेकार है। मगर उसके डॉक्टर को इस बात से इत्तफ़ाक़[9] न था। उसका ख़याल था कि डॉक्टर कुछ ऐसा क़ाबिल नहीं, वरना क्या अजब था कि वह ज़रा दुबली हो जाती।

मिसिज़ रिचमैन ने मिस हकसैन से इस बात का ज़िक्र किया तो वह बस एक क़हक़हा लगाकर ख़ामोश हो गयी।

मिस हकसैन की आवाज़ बहुत गहरी थी और चेहरा चपटा-सा था। उसकी दोनों आँखों में बिल्ली की आँखों-ऐसी चमक थी। उसे मर्दाना पोशाक ज़्यादा पसन्द थी।

सच तो यह है कि सिर्फ़ मिस हकसैन की खुशमिज़ाजी की वजह से तीनों सहेलियाँ एक-दूसरी से बहुत क़रीब हो गयी थीं–वह तीनों एक ही वक़्त पर खातीं, इकट्ठी सैर को जातीं और टेनिस खेलने के वक़्त भी एक-दूसरी से कभी जुदा न होतीं। इसमें कोई शक नहीं कि जब वह अपना वज़न करतीं तो अपने मोटापे में कोई फ़र्क़ न पाकर उदास-सी हो जातीं।

मिस हकसैन को यह बात बहुत ही नागवार गुज़री कि मिसिज़ रिचमैन तिब्बी इलाज से अपना वज़न बीस पाउंड घटाकर, बदपरहेज़ी की वजह से कुछ ही दिनों में फिर उसी तरह मोटी हो जाय–उसके कहने पर तीनों करलबसाद छोड़ कर चन्द हफ़्तों के लिए कहीं और चली गयी।

मिसिज़ रिचमैन कमज़ोर तबीयत थी। उसे एक ऐसे इंसान की ज़रूरत थी, जो उसे बदएतिदाली[10] से बचा सके। उसे यक़ीन था कि अब उसे वर्ज़िश करने का ख़ूब मौक़ा मिलेगा, और चर्बी मिली चीज़ें खाने से भी निजात मिल जायेगी–और कोई वजह नहीं कि उन सबका वज़न दिनों में कम हो जाय।

मिसिज़ सतलफ़ अपने दिल में अनोखे इरादे बाँध रही थीं। उसे यक़ीन था कि वहाँ दिनों में उसका रंग निखर जायेगा, और वह अपने लिए कोई बाँका छहला इतालवी, फ्रांसिसी या अंग्रेज़ तलाश कर लेगी।

वह तीनों हफ़्ते में सिर्फ़ दो दिन उबले हुए अंडे और टमाटर खातीं और हर सुबह

उठकर अपना वज़न करती।

मिसिज़ सतलफ़ का वज़न अब सिर्फ़ एक सौ चव्वन पाउंड रह गया और वह तो गोया अपने आपको एक जवाँ साल[11] लड़की समझने लगी—मिस हकसैन और मिसिज़ रिचमैन के मोटापों में भी काफ़ी फ़र्क़ पड़ गया।

वह तीनों मुत्मइन[12] नज़र आती थीं, लेकिन ब्रिज खेलने के लिए एक चौथे खिलाड़ी की ज़रूरत ने उन्हें एक हद तक परेशान-सा कर दिया था।

वह सुबह-सवेरे को ढीले-ढाले पाजामे पहने, चबूतरे पर बैठी, दूध और खाँड मिलाये बग़ैर चाय पी रही थीं और साथ-साथ डॉक्टर हडबर्ट के तैयार किये हुए बिस्कुट भी खा रही थीं, जिनके मुताल्लिक़ यह गारंटी दी गयी थी कि वह चर्बी से बिलकुल पाक हैं—नाश्ते के वक़्त मिस हकसैन ने इत्तफ़ाक़न लीना का ज़िक्र किया।

"वह कौन है?" मिसिज़ सतलफ़ ने पूछा।

"वह मेरे उस चचेरे भाई की बीवी है, जिसका हाल ही में इंतिक़ाल हुआ है ...वह गुज़श्ता[13] दिनों आसाब-शिकनी[14] का शिकार रही...क्यों न उसे दो चार हफ़्तों के लिए यहाँ बुला लें।"

"क्या वह ब्रिज खेलना जानती है?"

"क्यों नहीं...उसके यहाँ आ जाने से किसी दूसरे की ज़रूरत भी न रहेगी।"

बात तय हो गयी—लीना को बुलाने के लिए तार भेजा गया और वह तीसरे दिन आ पहुँची।

मिस हकसैन उसे स्टेशन पर लेने गयी। शौहर की मौत की वजह से लीना के चेहरे पर ग़म के आसार नुमायाँ थे—मिस हकसैन ने उसे दो साल से नहीं देखा था, इसलिए उसने बड़ी गर्मजोशी से लीना का मुँह चूम लिया।

"तुम बहुत दुबली हो।" मिस हकसैन ने कहा।

लीना मुस्करा दी : "गुज़श्ता दिनों मेरी तबीयत अलील[15] रही, और अब तो वज़न भी बहुत कम हो गया है।"

मिस हकसैन ने एक सर्द आह भरी, लेकिन यह ज़ाहिर न हो सका कि उसकी वजह रश्क थी या लीना से हमदर्दी।

वह उसे एक पुरफ़ज़ा होटल में ले गयी, जहाँ दोनों सहेलियों से उसका तआरुफ़ कराया गया—लीना की बेकसी देख कर मिसिज़ रिचमैन का दिल भर आया, और लीना के चेहरे की ज़र्दी ने मिसिज़ सतलफ़ को भी बहुत मुतास्सिर[16] किया।

होटल में थोड़ी देर तफ़रीह के बाद वह लंच के लिए अपनी क़यामगाह को चल दीं।

"मुझे कुछ रोटी चाहिए।" लीना के यह अल्फ़ाज़ तीनों सहेलियों के कानों पर बहुत गिराँ[17] गुज़रे—वह तो कब से रोटी छोड़ चुकी थीं, और तो और मिसिज़ रिचमैन-ऐसी लालची औरत भी रोटी से परहेज़ करती थी।

मिस हकसैन ने अज़-राहे-मेहमाननवाज़ी ख़ानसामाँ से कहा कि वह फ़ौरन लीना के हुक्म की तामील करे।

"थोड़ा मक्खन भी।"

किसी ग़ैर-मरई कुव्वत[18] ने एक लम्हे के लिए उन सबके होंट सी दीये।

"ग़ालिबन घर में मक्खन मौजूद नहीं...अभी ख़ानसामाँ से पूछती हूँ।" मिस हकसैन ने किसी क़द्र तवक़्क़ुफ़[19] से जवाब दिया।

"मुझे मक्खन-रोटी बहुत पसन्द है।" लीना ने मिसिज़ रिचमैन से मुख़ातिब हो कर कहा। और ख़ानसामाँ से मक्खन लेकर बड़े इत्मीनान से रोटी पर लगाया।

मिस हकसैन बोली : "हम यहाँ बहुत सादा ग़िज़ा खाते हैं...तुम्हें ग़ालिबन कोई एतिराज़ न होगा।"

"नहीं तो...मैं भी सादा ग़िज़ा की आदी हूँ..." लीना ने रोटी के टुकड़े पर मक्खन लगाते हुए कहा : "मुझे जब तक मक्खन, रोटी, आलू और बलाई मिलती रहे, मैं बहुत मुत्मइन रहती हूँ।"

"अफ़सोस कि यहाँ कहीं बालाई नहीं मिलती।" मिसिज़ रिचमैन ने कहा।

"ओह!" लीना बोली।

फिर लंच पर बग़ैर चर्बी के कबाब चुने गये। इसके अलावा पालक था और दमपुख़्त[20] नाशपातियाँ।

नाशपाती खाते ही लीना ने मुतजस्सिस[21] नज़रों से ख़ानसामाँ की तरफ़ देखा और इशारा पाते ही ख़ानसामाँ खाँड ले कर हाज़िर हो गया—लीना ने अपने क़हवे की प्याली में तीन चम्चे खाँड डाल दी।

"तुम्हें खाँड बहुत पसन्द है?" मिसिज़ सतलफ़ ने पूछा।

"हाँ," लीना ने जवाब दिया।

"हमें तो सैक्रीन ज़्यादा मर्ग़ूब[22] है।" मिस हकसैन ने एक टिकिया अपनी प्याली में डालते हुए कहा।

"यह तो एक बेलज़्जत शै[23] है।" लीना बोली।

मिसेज़ रिचमैन मुँह बनाकर और ललचाई हुई नज़रों से खाँड की तरफ़ देखने लगी—मिस हकसैन ने उसे ज़ोर से पुकारा तो एक सर्द आह भरकर उसने भी मजबूरन सैक्रीन की टिकिया उठा ली।

लंच से फ़ारिग़ होने के बाद वह ब्रिज खेलने बैठ गयीं—लीना ख़ूब खेली। सबने खेल का ख़ूब लुत्फ़ उठाया।

मिसिज़ सतलफ़ और मिसिज़ रिचमैन के दिल में मुअज़्ज़ज़[24] मेहमान के लिए गहरी हमदर्दी का जज़्बा पैदा हो गया—मिस हकसैन के दिल की मुराद भी बर[25] आयी और वह यही तो चाहती थी कि लीना उनके साथ दो चार हफ़्ते ख़ुशी से बसर कर सके।

चन्द साअत बाद मिस हकसैन और मिसिज़ रिचमैन गॉल्फ़ खेलने चली गयीं और मिसिज़ सतलफ़ एक जवाँ साल ख़ुशशक्ल प्रिंस रोकामीर के साथ सैर को निकल गयी—लीना कुछ देर सुस्ताने के ख़याल से लेट गयी।

डिनर से थोड़ा वक़्त पहले सब लौट आयीं—यह उनका रोज़ का मामूल[26] था।

"लीना प्यारी, कहो वक़्त कैसे गुज़रा..." एक दिन मिस हकसैन ने कहा : "गॉल्फ़ खेलते वक़्त ध्यान तुम्हारी ही तरफ़ था।"

"ओह, पहले तो मैं बड़े मज़े से बिस्तर पर ही पड़ी रही, फिर मैंने बाहर जा कर काकटेल पी...और सुनो, एक छोटा-सा क़हवाख़ाना मेरी नज़र पड़ा, जहाँ बड़ी अच्छी बालाई मिलती है...मैंने रोज़ाना मकान पर बालाई मँगवाने का इंतिज़ाम कर लिया है।" लीना की आँखें चमक रही थीं और उसे यक़ीन था कि वह तीनों उसकी बात को सराहेंगी।

"तुम कितनी अच्छी हो लीना..." मिस हकसैन ने कहा : "लेकिन अफ़सोस कि हमें बालाई पसन्द नहीं...ऐसी आबो-हवा में यह हमें रास नहीं आ सकती।"

"न सही पर मैं जो सलामत हूँ," लीना ने मुस्कराते हुए कहा।

"तुम्हें क्या अपनी शक्लो-सूरत की कोई परवा नहीं।" मिसिज़ सतलफ़ ने मुँह बनाकर कहा।

"मुझे तो डॉक्टर ने बालाई खाने को कहा है।"

"क्या उसने मक्खन, रोटी, आलू और बालाई चारों ही चीज़ें तज्वीज़[27] की हैं?"

"बेशक, सादा ग़िज़ा से मैं यही मुराद लेती हूँ।"

"तुम यक़ीनन बहुत मोटी हो जाओगी।"

लीना खिलखिला करहँस दी।

रात को लीना के सो जाने पर देर तक तीनों नुक्ता-चीनी करती रहीं—उस शाम उनकी तबीयत कितनी शिगुफ़्ता[28] थी, और अब मिसिज़ रिचमैन बेज़ार-सी नज़र आने लगी। मिसिज़ सतलफ़ अलग जली बैठी थीं और मिस हकसैन का मिज़ाज भी बरहम[29] हो चुका था।

"मैं यह क़त्अन बर्दाश्त नहीं कर सकती कि वह मेरा मनभाता खाजा मेरी आँखों के सामने बैठकर उड़ाये।" मिसिज़ रिचमैन ने ज़रा तल्ख़ी से कहा।

"यह तो कोई भी बर्दाश्त नहीं कर सकता।" मिस हकसैन ने जवाब दिया।

"आख़िर तुमने उसे यहाँ बुलाया ही क्यों?"

"मुझे इस बात की क्या ख़बर थी।"

"अगर उसके दिल में अपने मर्हूम[30] शौहर का ज़रा भी ख़याल होता तो वह कभी पेट भरकर न खाती...उसे फ़ौत[31] हुए अभी दो ही महीने तो गुज़रे हैं।"

"सुना, वह क्या कह रही थी...कि उसे डॉक्टर ने मक्खन, रोटी, आलू और बालाई खाने को कहा है।"

"उसे तो फिर किसी सेनेटोरियम का रुख़ करना चाहिए।"

"वह मेहमान है तो तुम्हारी...हमारा तो उससे कोई रिश्ता नहीं...मैं तो मुतवातिर दो हफ़्ते तक उस पेटू का तमाशा देखती रही हूँ।"

"सिर्फ़ खाने-पीने को ज़िन्दगी का मक़सद समझ लेना बड़ी बेहूदगी है।"

"तुम क्या लीना की आड़ ले कर मुझे बेहूदा पुकार रही हो?" मिस हकसैन ने पूछा।

"लीना तो हमारे सोते में बावर्चीखाने में घुसकर खाती-पीती ही है, तुम ख़ुद भी तो यही कुछ करती हो..." मिसिज़ सतलफ़ ने ज़रा तीखी आवाज़ में कहा : "और मैं यह कभी बर्दाश्त नहीं कर सकती।"

इन अल्फ़ाज़ ने मिस हकसैन के तन-बदन में एक आग-सी लगा दी—वह उछलकर खड़ी हो गयी : "मिसिज़ सतलफ़, अपनी ज़बान सँभालो...तुम क्या मुझे इतना ही कमीना ख़याल करती हो।"

"तो आख़िर तुम्हारा वज़न क्यों कम नहीं होता?"

"बिलकुल ग़लत...मेरा तो सेरों वज़न कम हो गया है।" यह कहकर मिस हकसैन बच्चों की तरह फूट-फूटकर रोने लगी, और आँसू उसकी आँखों से टपक-टपककर छाती पर गिरने लगे।

"आपस में बदगुमानी[32] से फ़ायदा?" मिसिज़ रिचमैन ने हौले-से कहा।

मिसिज़ सतलफ़ ने मिस हकसैन की तरफ़ मुहब्बत भरी नज़रों से देखा : "प्यारी, तुम मेरा मतलब नहीं समझीं," यह कहकर वह घुटनों के बल झुकी और उसने मिस हकसैन के जिस्म को अपनी आग़ोश में लेने की कोशिश की। उसका दिल भर आया और उसकी आँखों से भी आँसुओं की लड़ी जारी हो गयी।

"तो क्या मैं दुबली दिखायी नहीं देती?" मिस हकसैन ने हिचकी लेते हुए कहा।

"हाँ बेशक..." मिसिज़ सतलफ़ ने भर्राई हुई आवाज़ में जवाब दिया।

मिसिज़ रिचमैन भी, जो फ़ितरतन निहायत कमज़ोर तबीयत वाक़े हुई थीं, अब रोने लगी—यह मंज़र बहुत रिक़्क़तख़ेज़ था—मिस हकसैन। ऐसी औरत को आँसू बहाते देख कर सँगदिल इंसान भी मोम हो जाता—बिल आख़िर उन्होंने अपने आँसू पोंछे और हर एक ने ब्रांडी और पानी के चन्द घूँट पिये।

वह अब इस बात पर मुत्तफ़िक़[33] थीं कि लीना, डॉक्टर की हिदायत के मुताबिक़, अपनी मनमर्ज़ी, की ग़िज़ा खाये। आख़िर वह उनकी मेहमान ठहरी। उनका फ़र्ज़ था कि हर तरह उसका कलेजा ठण्डा करें—उन्होंने एक-दूसरी का गर्मजोशी से मुँह चूमा और अपनी-अपनी ख्वाबगाहों में चली गयीं।

यह सच है कि इंसानी फ़ितरत बहुत कमज़ोर है और उस पर किसी का कोई इख़्तियार नहीं—ग़िज़ा के मामले में अब हर एक अपनी मर्ज़ी की आप मालिक

थीं—उन्होंने मछली के कबाब शुरू किए तो लीना की सिवइयाँ, मक्खन और पनीर पर बसर होने लगी। वह हफ़्ते में दो बार उबले हुए अंडे और कच्चे टमाटर खाती, और लीना मटर के दाने बालाई में मिला करखाती—लीना को अब टमाटर मुख़्तलिफ़ मसालों में पकाकर खाने का शौक़ चर्राया था, और खानसामाँ तो बामज़ाक़ था ही। वह हर बार एक बेहतरीन चीज़ तैयार करके मेज़ पर चुन देता।

लीना ने एक मौक़े पर यह भी कहा कि डॉक्टर ने उसे लंच पर बरगंडी की अर्गवानी[34] शराब और डिनर पर शेंपियन इस्तेमाल करने को कहा है—इन अल्फ़ाज़ ने तीनों सहेलियों को दम-बख़ुद कर दिया। वह अभी-अभी हँस-खेल रही थीं, लेकिन यकायक उनकी कैफ़ियत[35] बदल गयी। मिसिज़ रिचमैन का तो गोया रंग ज़र्द पड़ गया। मिसिज़ सतलफ़ की नीली आँखों में एक ख़ौफ़नाक-सी चमक पैदा हो गयी। और मिस हकसैन की आवाज़ भर्रा गयी।

वह जो ब्रिज खेलते वक़्त बड़े नर्म लहजे में एक-दूसरे से बात किया करती थीं, अब बात-बात पर बिगड़ने लगीं—लीना ने उन्हें बहुतेरा समझाया-बुझाया कि खेल के वक़्त आपस में तकरार मुनासिब नहीं, लेकिन बेसूद—लीना हमेशा ख़ुश रहती कि खेल में शुरू ही से उसका पल्ला भारी रहता। दिनों ही में उसने एक बड़ी रकम जीत ली थी।

तीनों मोटी सहेलियों को अब एक-दूसरे से नफ़रत होने लगी। वह अपने मेहमान से भी बदज़न हो चुकी थीं। वह एक-दूसरी के ख़िलाफ़ एक-दूसरी के कान भरतीं—जब लीना के रुख़्सत का वक़्त आया तो वह बेशक एक-दूसरी से बहुत दूर जा चुकी थीं। लीना के सामने वह एक-दूसरी से ज़ाहिरा मिलती रही थीं, लेकिन फिर यह बात भी न रही थी—वह एक-दूसरी से बहुत मायूस हो चुकी थीं।

मिस हकसैन जब लीना को रुख़्सत करने स्टेशन पर गयी तो गाड़ी पर सवार होते वक़्त लीना ने कहा : "मेरे पास अल्फ़ाज़ नहीं है कि तुम्हारी मेहमाननवाज़ी का शुक्रिया अदा कर सकूँ...।"

"तुम्हारी सोहबत बहुत पुरलुत्फ़ रही।" मिस हकसैन ने जवाब दिया।

जब गाड़ी रवाना हुई तो मिस हकसैन ने इस ज़ोर से आह भरी कि प्लेटफ़ार्म उसके नीचे काँप-काँप गया—वह "उफ़, उफ़" का शोर बुलन्द करती घर लौटी।

उसने गुस्ल का लिबास पहना और होटल की तरफ़ जा निकली—उसकी आँखों के सामने मिसिज़ रिचमैन नया पायजामा और गले में मोतियों की माला पहने, बनाव-सिंगार किये बैठी थी।

वह उसकी तरफ़ बढ़ी : "क्या कर रही हो?"

मिसिज़ रिचमैन को मिस हकसैन के अल्फ़ाज़ दूर पहाड़ों में बादल की गरज़ की तरह सुनाई दिये—उसने कहा : "कुछ खा रही हूँ," उसके सामने मक्खन, सेब

का मुरब्बा, कहवा और बालाई वग़ैरा चुने हुए थे। वह गर्म रोटी पर मक्खन की मोटी तह जमाकर उस पर बालाई रख रही थी।

"तुम खाने के लालच में अपनी जान दे दोगी।"

"कोई परवा नहीं," मिसिज़ रिचमैन ने एक बड़ा लुक़्मा चबाते हुए कहा।

"तुम और भी मोटी हो जाओगी।"

"बस ख़ामोश...उस नाबकार को ख़ुदा समझे, जिसे मैं मुतवातिर हफ़्तों हलक़ में रंगा-रंग निवाले ठूँसते देखती रही हूँ...एक इंसान तो इतना हज़्म नहीं कर सकता।"

मिस हकसैन की आँखों में आँसू आ गये। वह बिलकुल बेजान-सी हो गयी। उसे उस वक़्त शायद एक मज़्बत मर्द की ज़रूरत थी, जो उसे अपने घुटनों पर लिटाकर पुचकारे। वह ख़ामोशी से पास ही कुर्सी पर बैठ गयी।

ख़ादिम हाज़िर हुआ तो उसने क़हवे की ट्रे की तरफ़ इशारा करके उसे सबकुछ लाने को कहा—जब वह हाथ बढ़ाकर क्रीम रोल उठाने लगी तो मिसिज रिचमैन ने रकाबी एक तरफ़ खिसका दी—मिस हकसैन जल-भुन गयी और उसने मिसिज रिचमैन को एक ऐसे नाम से मुख़ातिब किया, जो ख़ासतौर पर औरतों के शायाने-शान न था।

इतने में ख़ादिम उसके लिए मक्खन, मुरब्बा और कहवा ले कर आ गया।

"नाबकार, बालाई लाना भूल गया।" वह शेरनी की तरह बिफरकर बोली।

उसने खाना शुरू किया और हलक में मक्खन और मुरब्बा ठूँसने लगी।

होटल में अब रंगा-रंग के इंसानों की चहल-पहल नज़र आने लगी थी—मिसिज सतलफ़ भी प्रिंस रोकमीर के साथ चहलक़दमी करती उधर आ निकली। वह अपने गिर्द एक रेशमी लबादा मज़्बूती से लपेटे हुए थी, ताकि इस तरह वह कुछ दुबली दिखायी दे। अपनी ठोड़ी का नुक़्स छुपाने के लिए उसने सर को ऊपर उठाया हुआ था। वह बहुत मसरूर थी—एक दोशीज़ा की तरह प्रिन्स उससे इजाज़त ले कर पाँच मिनट के लिए मर्दाना टायलेट में अपने बाल सँवारने चला गया। वह भी अपने रुख़्सारों को ग़ाज़ा से चमकाने के लिए ज़नाना टायलेट की तरफ़ बढ़ी। एकाएक उसकी नज़र अपनी दोनों सहेलियों पर पड़ी।

वह रुक गयी : "तुम पेटू, हैवान..."

वह कुर्सी पर बैठ गयी और उसने ख़ादिम को पुकारा—उसके ज़ेह्न से अब प्रिन्स का ख़याल भी उतर चुका था।

आँख झपकते में ख़ादिम हाज़िर हो गया।

उसने कहा : "मेरे खाने को भी यही चीज़ें लाओ।"

मिस हकसैन बोली : "और मेरे लिए सिवइयाँ!"

"मिस हकसैन!" मिसिज़ रिचमैन पुकार उठी।

"बस ख़ामोश..."

"तो मैं भी सिवइंयाँ खाऊँगी।"

क़हवा लाया गया और क्रीमरोल और बालाई भी, मुरब्बा भी, सिवइंयाँ भी–वह गर्म रोटी पर मलाई की तह जमाकर खाने लगीं। मुरब्बे के बड़े चम्चे हल्क़ में ठूँसने लगीं–वह गोया एक ख़ास एहतिमाम[36] से खा रही थीं–ऐसे मौक़े पर मिसिज़ सतलफ़ के लिए प्रिन्स रोकमीर से लगाव एक बेमानी बात थी।

"मैंने सालों से आलू नहीं खाये।" मिस हकसैन ने धीमी आवाज़ में कहा।

मिसिज़ रिचमैन ने फ़ौरन ख़ादिम को तीनों के लिए भुने हुए आलू लाने को कहा।

चन्द ही लम्हों के बाद भुने हुए आलू उनके सामने थे–वह बड़े चटख़ारे ले कर खाने लगीं।

तीनों सहेलियों ने एक दूसरी की तरफ़ देखा और सर्द आहें भरने लगीं–उनके दरमियान ग़लतफ़हमी आपसे आप दूर हो गयी। अब उनके दिलों में इंतिहाई मुहब्बत का जज़्बा मौजज़न[37] था–उन्हें यक़ीन न आया कि आज से पहले वह एक-दूसरी से क़त्ए-ताल्लुक़ पर आमादा हो चुकी थीं–आलू अब ख़त्म हो चुके थे।

"होटल में चाकलेट तो ज़रूर होंगे?" मिसिज़ रिचमैन ने कहा।

"क्यों नहीं।"

थोड़ी देर बाद मिस हकसैन अपना मुँह खोले हलक़ में चाकलेट ठूँस रही थी–मिसिज़ रिचमैन चाकलेट मुँह में डालने से पहले, दोनों सहेलियों की तरफ़ नज़रें उठाये, नाबकार लीना को कोसने लगी : "तुम चाहे जो कहो, लेकिन हक़ीक़त यह है कि वह ब्रिज खेलना नहीं जानती।"

"बेशक," मिसिज़ सतलफ़ ने इत्तिफ़ाक़ करते हुए कहा।

मिस हकसैन का ज़ेहन उस वक़्त किसी लज़ीज़ केक की फ़िक्र में था।

---

1. नैन-नक़्श; 2. तुलना; 3. थोड़ी; 4. चयन; 5. विभिन्न; 6. स्पेन देश का; 7. खाद्य; 8. विश्वास; 9. सहमति; 10. बदपरहेज़ी; 11. युवती; 12. सन्तुष्ट; 13. पिछले; 14. तांत्रिकीय भंग होना; 15. ख़राब; 16. प्रभावित; 17. भारी; 18 अदृश्य शक्ति; 19. देर; 20. भाप से पकाई हुई; 21. जिज्ञासु 22. मनोनीत; 23. स्वादहीन वस्तु; 24. आदरणीय; 25. पुरी; 26. नित्य नियम; 27. सलाह; 28. प्रसन्न; 29. बिगड़ा हुआ; 30. दिवंगत; 31. मृत; 32. कुधारणा; 33. सहमत; 34. लाल रंग; 35. दशा; 36. प्रयोजन, प्रबन्ध; 37. लहरें मारता हुआ।

किताब का ख़ुलासा

सर्दियों में अनवर ममटी पर पतंग उड़ा रहा था। उसका छोटा भांजा उसके साथ था। चूँकि अनवर के वालिद कहीं बाहर गये हुए थे और देर से वापस आने वाले थे, इसलिए वह पूरी आज़ादी और बड़ी बेपरवाही से पतंगबाज़ी में मशगूल था। पेंच ढील का था। अनवर बड़े ज़ोरों से अपनी माँग पायी पतंग को डोर पिला रहा था। उसके भांजे ने, जिसका छोटा-सा दिल धक्-धक् कर रहा था और जिसकी आँखें आसमान पर जमी हुई थीं, अनवर से कहा, "मामू जान, खींच के पेटा काट लीजिए।" मगर वह धड़ाधड़ डोर पिलाता रहा। नीचे खुले कोठ पर अनवर की बहन सहेलियों के साथ धूप सेंक रही थी। सब कशीदाकारी में जुटी हुई थीं। साथ-साथ बातें भी करती जाती थीं। अनवर की बहन शमीम अनवर से दो बरस बड़ी थी। कशीदाकारी और सीने-पिरोने के काम में माहिर। इसीलिए गली की अक्सर लड़कियाँ उसके पास आती थीं और घण्टों बैठी काम सीखती रहती थीं। एक हिन्दू लड़की, जिसका नाम बिमला था, बहुत दूर से आती थी। उसका घर लगभग दो मील परे था, लेकिन वह हर रोज़ बड़ी बाकायदगी से आती और बड़ी तनदेही से कशीदाकारी के नये-नये डिज़ाइन सीखा करती थी।

बिमला का बाप स्कूल मास्टर था। बिमला अभी छोटी बच्ची ही थी कि उसकी माँ का देहान्त हो गया। बिमला का बाप लाला हरीचरण चाहता तो बड़ी आसानी से दूसरी शादी कर सकता था, मगर उसको बिमला का ख़याल था, चुनांचे वह रँड़वा ही रहा और बड़े प्यार-मुहब्बत से उसने अपनी बच्ची को पाल-पोस कर बड़ा किया। अब बिमला सोलह बरस की थी। साँवले रंग की दुबली-पतली लड़की। ख़ामोश। बहुत कम बातें करने वाली। बड़ी शरमीली। सुबह दस बजे आती। आपा शमीम को 'परनाम' करती और अपना थैला खोल कर काम में मशग़ूल हो जाती।

अनवर बारह बरस का था। उसको तमाम लड़कियों में सिर्फ़ सईदा से हल्की-सी दिलचस्पी थी, लेकिन यह हल्की-सी दिलचस्पी कोई और सूरत इख़्तियार नहीं कर सकती थी। इसलिए कि उसकी बहन उसको लड़कियों में बैठने की इज़ाज़त नहीं देती थी। अगर वह कभी एक पल के लिए उनके पास आ बैठता तो आपा शमीम फ़ौरन उसको हुक्म देतीं—"अनवर, उठो, तुम्हारा यहाँ कोई काम

नहीं।" और अनवर को यह हुक्म फ़ौरन मानना पड़ता। बिमला अलबत्ता कभी-कभी अनवर को बुलाती थी, नॉवल लेने के लिए। उसने शमीम से कहा था, "घर में मेरा जी नहीं लगता। पिताजी बाहर शतरंज खेलने चले जाते हैं। मैं अकेले पड़ी रहती हूँ। अनवर भाई से कहिए, मुझे नॉवल दे दिया करें पढ़ने के लिए।" पहले तो बिमला शमीम के ज़रिये नॉवल लेती रही, फिर कुछ अर्से के बाद उसने सीधे-सीधे अनवर से माँगने शुरू कर दिये। अनवर को बिमला बड़ी अजीबो-ग़रीब लड़की लगती थी। यानी ऐसी, जो बड़े ग़ौर से देखने पर दिखायी देती थी। लड़कियों के झुरमुट में तो वह बिलकुल ग़ायब हो जाती थी। बैठक में जब वह अनवर से नया नॉवल माँगने आती तो अनवर को उसकी आमद का उस वक़्त पता चलता, जब वह उसके पास आकर अपनी धीमी आवाज़ में कहती, "अनवर साहब, यह लीजिए अपना नॉवल। शुक्रिया।"

अनवर उसकी तरफ़ देखता। उसके दिमाग़ में एक अजीबो-ग़रीब उपमा फुदक उती—"यह लड़की तो ऐसी है, जैसे किसी किताब का ख़ुलासा।" बिमला और कोई बात न करती। पुराना नॉवल वापस करके नया नॉवल लेती और 'नमस्ते" करके चली जाती। अनवर उसके बारे में कुछ क्षणों तक सोचता, इसके बाद वह उसके दिमाग़ से निकल जाती। लेकिन अनवर ने एक बात ज़रूर महसूस की थी कि बिमला ने एक-दो बार उससे कुछ कहना चाहा था, मगर कहते-कहते रुक गयी थी। अनवर सोचता, 'क्या कहना चाहती थी मुझसे?' इसका जवाब उसका दिमाग़ यूँ देता—'कुछ भी नहीं। मुझसे वह क्या कहना चाहती होगी भला?' अनवर ममटी पर पतंग उड़ा रहा था। पेंच ढील का था, ख़ूब डोर पिला रहा था। अचानक उसकी बहन शमीम की घबराई हुई आवाज़ आयी, "अनवर, अनवर, अब्बा जी आ गये!"

अनवर को और कुछ न सूझा। हाथ से डोर तोड़ी और ममटी पर से नीचे कूद पड़ा। 'वह काटा, वह काटा' का शोर बुलन्द हुआ। अनवर का घुटना बड़े ज़ोरों से छिल गया था। एक तो उसको इसका दुख था, इस पर उसके मुकाबले वाले जीत के नारे लगा रहे थे। लँगड़ाता-लँगड़ाता चारपाई पर बैठ गया। घुटने को देखा तो उसमें से ख़ून बह रहा था। बिमला सामने बैठी थी। उसने अपना दुपट्टा उतारा, किनारे पर से थोड़ा-सा फाड़ा और पट्टी बना कर अनवर के घुटने पर बाँध दिया। अनवर उस वक़्त अपनी पतंग के बारे में सोच रहा था। उसको यकीन था कि मैदान उसके हाथ रहेगा, लेकिन उसके बाप के बेवक़्त आ जाने से वह मजबूर हो गया कि अपने हाथों से इतनी बढ़ी हुई पतंग को तोड़ कर चली जाने दे। प्रतिद्वन्द्वियों के नारे अभी तक गूँज रहे थे। उसने गुस्से से भरी आवाज़ में अपनी बहन से कहा, "अब्बा जी को भी इसी वक़्त आना था।"

शमीम मुस्करायी—"वे कब आये हैं।"

अनवर चिल्लाया—"क्या कहा?"

शमीम हँसी—"मैंने तुमसे मज़ाक़ किया था।"

अनवर बरस पड़ा—"मेरा बेड़ा ग़र्क कराके आप हँस रही हैं...अच्छा मज़ाक़ है। एक तो मेरी इतनी बढ़ी हुई पतंग बरबाद हुई, ऊपर से लोगों के आवाज़ें सुने—और घुटना अलग ज़ख़्मी हुआ।"

यह कह कर अनवर ने अपने घुटने की तरफ़ देखा। सफ़ेद मलमल की पट्टी बँधी थी। अब उसको याद आया कि यह पट्टी बिमला ने अपना दुपट्टा फाड़ कर बाँधी थी। उसने शुक्रगुज़ार आँखों से बिमला को देखा और उसको ऐसा महसूस हुआ कि वह उसके ज़ख़्म के दर्द को महसूस कर रही है। बिमला शमीम से मुख़ातिब हुई—"आपा, आपने बहुत ज़ुल्म किया...ज़्यादा चोट आ जाती तो..." वह कुछ और कहते-कहते रुक गयी और कशीदा काढ़ने में जुट गयी।

अनवर की निगाह बिमला से हट कर सईदा पर पड़ी। सफ़ेद पुल ओवर में वह उसे बहुत भली मालूम हुई। अनवर उससे मुख़ातिब हुआ—"सईदा, तुम्हीं बताओ—यह मज़ाक़ अच्छा था? हँसी में फँसी हो जाती तो?"

शमीम ने उसे डाँट दिया—"जाओ अनवर, तुम्हारा यहाँ कोई काम नहीं।"

अनवर ने एक निगाह सईदा पर डाली—"बहुत अच्छा।" कह कर उठा और लँगड़ाता-लँगड़ाता फिर ममटी पर चढ़ गया। थोड़ी देर पतंग उड़ायी। गुस्से में खींच के हाथ मार कर लगभग एक दर्जन पतंगें काटीं और नीचे उतर आया। घुटने में दर्द था। बैक में सोफ़े पर लेट गया और ऊपर कम्बल डाल लिया। थोड़ी देर अपनी जीत के बारे में सोचा और सो गया। लगभग एक घण्टे के बाद उसको आवाज़ सुनायी दी, जैसे कोई उसे बुला रहा है। उसने आँखें खोलीं। देखा, सामने बिमला खड़ी थी। मुरझायी हुई-सी, कुछ सिमटी हुई-सी। अनवर ने लेटे-लेटे पूछा, "क्या है बिमला?"

"जी, मैं आपसे कुछ" बिमला रुक गयी। "जी, मैं आपसे कोई...नयी किताब ...कोई नयी किताब दीजिए।"

अनवर ने कहा, "मेरे घुटने में ज़ोरों का दर्द है—वह जो सामने अलमारी है, उसे खोल कर, जो किताब तुम्हें पसन्द हो, ले लो।"

बिमला कुछ क्षण खड़ी रही, फिर चौंकी—"जी?"

अनवर ने उसको ग़ौर से देखा। उस दुपट्टे के पीछे, जिसमें से बिमला ने पट्टी फाड़ी थी, बड़ी मरियल किस्म की छातियाँ धड़क रही थीं। अनवर को उस पर तरस आया। उसकी शक्ल-सूरत, उसके नाक-नक़्श ही कुछ इस किस्म के थे कि उसको देख कर अनवर के दिलो-दिमाग़ में हमेशा दया की भावना पैदा होती थी। उसको और तो कुछ न सूझा; बस, इतना कहा, "पट्टी बाँधने का शुक्रिया!"

बिमला ने कुछ कहे बग़ैर अलमारी का रुख किया और उसे खोल कर किताबें देखने लगी। अनवर के दिमाग़ में वह उपमा फिर फुदकी—'यह किताब नहीं, किताब का ख़ुलासा है—बहुत ही महीन काग़ज़ पर छपा हुआ!'

बिमला ने एक बार अनवर को कनखियों से देखा, मगर जब उसे अपनी ओर देखते पाया तो उसकी तरफ़ पीठ कर ली। कुछ देर किताबें देखीं। एक किताब चुनी, अलमारी को बन्द किया, अनवर के पास आयी और—"मैं यह ले चलती हूँ"—कह कर चली गयी।

अनवर ने बिमला के बारे में सोचने की कोशिश की, मगर उसको सईदा के पुलओवर का ख़याल आता रहा—'पुलओवर पहनने से बदन की रेखाएँ कितनी उजागर हो जाती हैं—सईदा का सीना और इस बिमला की मरियल छातियाँ—जैसे उनका दूध अलग करके सिर्फ पानी रहने दिया गया है...सईदा के घुँघराले बाल...कमबख़्त ने अपने माथे के ज़ख्म के निशान को छुपाने का क्या ढंग निकाला है—बल खाती हुई लट छोड़ देती है उस पर...और बिमला—जाने क्या तकलीफ है उसे—आज भी कुछ कहते-कहते रुक गयी थी। मगर मुझसे क्या कहना चाहती है—शायद उसका अन्दाज़ ही कुछ इस किस्म का हो। हमेशा किताब इसी तरह माँगती है, जैसे कोई मदद माँग रही है, कोई सहारा ढूँढ़ रही है...सईदा, माशा अल्लाह, आज सफेद पुलओवर में क़यामत ढा रही थी—यह क़यामत ढाना क्या बकवास है—क़यामत तो हर चीज़ का अन्त है और सईदा तो अभी मेरी ज़िन्दगी में शुरू हुई है।...बिमला, बिमला—भई, मेरी समझ में नहीं आयी यह लड़की। बाप तो इसको बहुत प्यार करता है। इसी की ख़ातिर उसने दूसरी शादी नहीं की—शायद उनको रुपये-पैसे की कोई तकलीफ़ हो—लेकिन घर तो अच्छा-ख़ासा था—एक ही पलँग था, लेकिन बड़ा शानदार—सोफ़ा सेट भी बुरा नहीं था। और जो खाना मैंने खाया था, उसमें कोई बुराई नहीं थी...सईदा का घर तो बड़ा अमीराना है। बड़े रईस की लड़की है—इस रईसी की ऐसी-तैसी—यही तो बहुत बड़ी मुसीबत है वरना...लेकिन छोड़ो जी...सईदा जवान है, कल-कहाँ ब्याह दी जायेगी—मुझे ख़ुदा मालूम अभी कितने बरस लगेंगे पढ़ाई पूरी करने में—बी.ए.—बी.ए. के बाद विलायत—मेम?—देखेंगे!—लेकिन सफ़ेद पुलओवर ख़ूब था!' अनवर के दिमाग़ में इसी किस्म के उलटे-पुलटे ख़याल आते रहे, इसके बाद वह दूसरे कामों में मशगूल हो गया। दूसरे रोज़ बिमला न आयी, मगर अनवर ने उसकी ग़ैर-हाज़िरी को कुछ ज़्यादा महसूस न किया, बस सिर्फ़ इतना देखा कि वह लड़कियों के झुरमुट में नहीं है—शायद हो, लेकिन अगले रोज़ जब बिमला आयी तो लड़कियों ने उससे पूछा, "बिमला, तुम कल क्यों नहीं आयीं?"

बिमला और ज़्यादा मुरझायी हुई थी, और ज़्यादा सिमट गयी थी, जैसे किसी ने रन्दा फेर कर उसको हर तरफ़ से छोटा और पतला कर दिया है। उसका साँवला रंग अजीब किस्म का दर्दनाक पीलापन इख़्तियार कर गया था। लड़कियों का सवाल सुन कर उसने अनवर की तरफ़ देखा, जो गमलों में पानी दे रहा था और थैला खोल कर चारपाई पर बैठते हुए कहा, "कल पिताजी...कल पिताजी बीमार थे।"

शमीम ने अफसोस ज़ाहिर किया और पूछा, "क्या तकलीफ थी उन्हें?"

बिमला ने अनवर की तरफ़ देखा। चूँकि वह उसको देख रहा था, इसलिए निगाहें दूसरी तरफ़ कर लीं और कहा, "तकलीफ–मालूम नहीं क्या तकलीफ थी।" फिर थैले में हाथ डाल कर अपनी चीज़ें निकालीं–"मैं तो नहीं समझती।" अनवर ने लोटा मुँडेर पर रखा और बिमला से मुख़ातिब हुआ–"किसी डॉक्टर से मशविरा लिया होता।"

बिमला ने अनवर को बड़ी तेज़ निगाहों से देखा–"उनकी बीमारी डॉक्टरों की समझ में नहीं आयेगी।"

अनवर को ऐसा महसूस हुआ कि बिमला ने उससे कहा है कि–'उनकी बीमारी तुम समझ सकते हो।' वह कुछ कहने ही वाला था कि सईदा की आवाज़ उसके कानों में आयी। वह बिमला से कह रही थी, "ख़ालू जान के पास जायें, वे बहुत बड़े डॉक्टर हैं। यूँ चुटकियों में सब कुछ बता देंगे।"

सईदा ने चुटकी बजायी थी, मगर बजी नहीं थी। अनवर ने उससे कहा, "सईदा, तुमसे चुटकी कभी नहीं बजेगी, फिज़ूल कोशिश न किया करो।"

सईदा शरमा गयी। आज का पुलओवर स्याह था। अनवर ने सोचा–'कमबख़्त पर हर रंग खिलता है–लेकिन कितने पुलओवर हैं इसके पास?–हर वक़्त कोई-न-कोई बुनती ही रहती है। स्वेटरों और पुलओवरों की सनक है इसे–इससे मेरी शादी हो जाये तो मज़े आ जायें। पुलओवर ही पुलओवर–दोस्त-यार ख़ूब हिलें–लेकिन यह बिमला क्यों आज राख की ढेर-सी लगती है...सईदा शरमा गयी थी–यह शरमाना मुझे अच्छा नहीं लगता–चुटकी बजाना सीख ले मुझसे–मुझसे नहीं तो किसी और से–लेकिन बेहतरीन चुटकी बजाने वाला हूँ।'

यह सब उसने एक सेकेंड के अर्से में सोचा। सईदा ने कोई जवाब न दिया था। अनवर ने उससे कहा, "देखिए, चुटकी यूँ बजाया करते हैं।" और उसने बड़े ज़ोर से चुटकी बजायी। इत्तफाक से उसकी निगाह बिमला पर पड़ी। उसके चेहरे पर मायूसी की मुर्दनी छाई हुई थी। अनवर के दिल में हमदर्दी के ज़ज्बात उभर आये–"बिमला, तुम पिताजी से कहो कि वे किसी अच्छे डॉक्टर से ज़रूर मशविरा लें–उनके सिवा तुम्हारा और कौन है?"

यह सुन कर बिमला की आँखों में आँसू आ गये। ज़ोर से दोनों होंट भींचे और अपने आप पर रोक लगाने के बावजूद फूट-फूट कर रोती, बरसाती की तरफ़ दौड़ गयी। सारी लड़कियाँ काम छोड़ कर उसकी तरफ़ भागीं। अनवर ने बरसाती में जाना मुनासिब न समझा और नीचे बैठक में चला गया। बिमला के बारे में उसने सोचने की कोशिश की, मगर उसके दिमाग़ ने उसका साथ न दिया। वह बिमला के दुख-दर्द का सही विश्लेषण न कर सका। वह सिर्फ़ इतना सोच सका कि बिमला को सिर्फ इस बात का ग़म है कि उसकी माँ ज़िन्दा नहीं।

शाम को अनवर ने अपनी बहन से बिमला के बारे में पूछा तो उसने कहा, "मालूम नहीं क्या दुख है बेचारी को–अपने बाप का बार-बार ज़िक्र करती थी कि उनको जाने क्या बीमारी है और बस!"

सईदा पास खड़ी थी—स्याह पुलओवर पहने। उसकी जीती-जागती छातियाँ आबनूसी गोलों की सूरत में उसके सफेद नायलॉन के दुपट्टे के पीछे बड़ा दिलकश विरोधाभास पैदा कर रही थीं। ऐसा लगता था, जैसे स्याह बट्टों पर उनकी चमक छिपाने के लिए किसी मकड़ी ने महीन-सा जाला बुन दिया है। अनवर बिमला का दुख भूल गया और सईदा से बातें करने लगा। सईदा ने उससे कोई दिलचस्पी न ली और आपा शमीम को सलाम करके चली गयी।

अनवर बैठक में कॉलेज का काम करने बैठा तो उसे बिमला का ख़याल आया—'कैसी लड़की है?...कुछ समझ में नहीं आता। मेरे पट्टी बाँधी—अपना दुपट्टा फाड़ कर...आज मैंने कहा, पिता जी के सिवा तुम्हारा कौन है तो उसने फूट-फूट कर रोना शुरू कर दिया—और जब मैं गमलों में पानी दे रहा था तो बिमला की इस बात से कि उनकी बीमारी डॉक्टरों की समझ में नहीं आयेगी, उसने क्यों ऐसा महसूस किया था कि बिमला ने उससे दरअस्ल यह कहा है कि उनका रोग तुम समझ सकते हो। लेकिन मैं कैसे समझ सकता हूँ? वह मुझे ठीक तौर पर समझाती क्यों नहीं, यानी अगर वह कुछ समझाना ही चाहती है—मेरी समझ में तो कुछ भी नहीं आता—जब उसने मेरी तरफ़ देखा था तो उसकी निगाहों में इतनी तेज़ी क्यों थी—अब ख़याल करता हूँ तो महसूस होता है जैसे वह मेरी होशियारी और अक्लीमन्दी पर लानत भेज रही थी—लेकिन क्यों?—हटाओ जी... सईदा—हाँ वह स्याह पुलओवर—सफेद नायलॉन का हवाई दुपट्टा—और...लेकिन मुझे ऐसा नहीं सोचना चाहिए...जाने किसका माल है...ख़ैर, कुछ भी हो। ख़ूबसूरत लड़की है—मगर उस पर ख़ूबसूरती ख़त्म तो नहीं हो गयी।'

अगले रोज़ बिमला न आयी। अनवर के घर में सब चिन्तित थे। दुआयें करते थे कि ख़ुदा उसके बाप को उसके सिर पर सलामत रखे। शमीम को बिमला बेहद पसन्द थी, इसलिए कि वह ख़ामोशी-पसन्द और होशियार थी। बारीक-से-बारीक बात फौरन समझ जाती थी, चुनांचे वह सारा दिन थोड़ी-थोड़ी देर बाद उसको याद करती रही। अनवर की माँ ने तो अनवर से कहा कि वह साइकिल पर जाये और बिमला के बाप की ख़ैरियत पूछ आये।

अनवर गया बिमला सागौन के चौड़े पलँग पर औंधी लेटी थी, साँस का उतार-चढ़ाव तेज़ था। अनवर ने धीरे से पुकारा तो कोई प्रतिक्रिया न हुई। ज़रा बुलन्द आवाज़ में कहा, "बिमला!" तो वह चौंकी। करवट बदल कर उसने अनवर को देखा।

अनवर ने 'नमस्ते' की। बिमला ने हाथ जोड़ कर उसका जवाब दिया। अनवर ने देखा कि उसकी आँखें मैली थीं, जैसे वह रोती रही थी और उसके आँसू अभी सूखे नहीं थे। पलँग पर से उठ कर उसने अनवर को कुर्सी पेश की और ख़ुद फर्श पर बिछी हुई दरी पर बैठ गयी। अनवर ने कुछ देर ख़ामोश रहने के बाद कहा, "वहाँ सबको बहुत फ़िक्र थी, पिताजी कहाँ हैं?"

बिमला के मुरझाये हुए होंठ खुले और उसने खोखली आवाज़ में सिर्फ़ इतना कहा, "पिताजी—!"

अनवर ने पूछा, "तबियत कैसी है उनकी।"

"अच्छी है।" बिमला की आवाज़ उसकी आवाज़ नहीं थी।

"तुम आज नहीं आयीं तो सबको बड़ी फ़िक्र हुई—अम्मी जान ने मुझसे कहा साइकिल पर जाओ और पता ले कर आओ।

"लाला जी कहाँ हैं?"

"शतरंज खेलने गये हैं।"

"तुम आज क्यों नहीं आयीं?"

"मैं?" यह कह कर बिमला रुक गयी। थोड़ी देर के बाद बोली, "मैं अब नहीं आ सकूँगी—मुझे—मुझे एक काम मिल गया है।"

अनवर ने पूछा, "कैसा काम?"

बिमला ने एक आह भरी। "कल ही मालूम हुआ है—जाने क्या है"—यह कहते हुए वह काँपी। "ठीक है, जो कुछ भी है, ठीक है।" फिर वह जैसे अपने अन्दर डूब गयी।

कुछ देर ख़ामोशी रही, फिर अनवर ने उकता कर पूछा, "मैं उनसे क्या कहूँ?"

बिमला चौंकी, "क्या?"

अनवर ने अपने शब्द दोहराये—"मैं उनसे क्या कहूँ?"

"और कुछ कहने की ज़रूरत नहीं—सबको नमस्ते!"

अनवर कुर्सी पर से उठा। हाथ जोड़ कर बिमला को 'नमस्ते" की। बिमला ने उसका जवाब दिया, मगर अनवर खड़ा रहा।

बिमला शून्य में देख रही थी। थोड़ी देर के बाद अनवर उससे मुख़ातिब हुआ—"बिमला—मुझे ऐसा महसूस होता है कि...मुझे ऐसा लगता है कि तुमने मुझसे कई बार कुछ कहने की कोशिश की। मगर कह न सकीं—मैं पूछ सकता हूँ।"

बिमला के होंटों पर एक ज़ख़्मी मुस्कराहट प्रकट हुई। अनवर अपनी बात पूरी न कर सका। बिमला उठी। खिड़की के साथ लग कर उसने नीचे बड़े नाले की तरफ़ देखा और अनवर से कहा, "जो मैं कह न सकी, तुम समझ न सके, अब कहने और समझने से बहुत परे चला गया है—तुम जाओ, मैं सोना चाहती हूँ।" अनवर चला गया बिमला फिर न आयी।

लगभग दस महीने बाद अख़बारों में यह सनसनी फैलाने वाली ख़बर छपी कि बड़ी सड़क के नाले में एक नया जन्मा बच्चा मरा हुआ पाया गया। तहकीकात की गयी तो मालूम हुआ कि बच्चा लाला हरीचरण स्कूल मास्टर की लड़की बिमला का था और बच्चे का बापख़ुद लाला हरीचरण था। सब पर सकता छा गया।

अनवर ने सोचा, 'तो सारी किताब का ख़ुलासा यह था।'

बिस्मिल्लाह

फ़िल्म बनाने के सिलसिले में ज़हीर से सईद की मुलाकात हुई। सईद बहुत प्रभावित हुआ। बम्बई में उसने ज़हीर को सेंट्रल स्टूडियोज़ में एक-दो मरतबा देखा था और शायद चन्द बातें भी की थीं, मगर विस्तार से मुलाकात पहली मरतबा लाहौर ही में हुई।

लाहौर में यूँ तो बेशुमार फिल्म कम्पनियाँ थीं, मगर सईद को यह कड़वी सच्चाई मालूम थी कि उनमें से अक्सर का वज़ूद सिर्फ उनके नाम के बोर्डों तक ही सीमित है। ज़हीर ने जब उसको अकरम की मार्फ़त बुलाया तो उसको सौ फ़ीसदी यकीन था कि ज़हीर भी दूसरे फ़िल्म प्रोड्यूसरों की तरह खोखला है, जो लाखों की बातें करते हैं, ऑफ़िस क़ायम करते हैं, किराये पर फ़र्नीचर लाते हैं और आख़िर में आस-पास के होटलों के बिल मार कर भाग जाते हैं। ज़हीर ने बड़ी सादगी से सईद को बताया कि वह कम-से-कम सरमाये से फ़िल्म बनाना चाहता है। बम्बई में वह स्टंट फ़िल्म बनाने वाले डायरेक्टर का असिस्टेण्ट था। पाँच बरस तक वह उसके मातहत काम करता रहा। उसको ख़ुद फ़िल्म बनाने का मौक़ा मिलने ही वाला था कि हिन्दुस्तान का बँटवारा हो गया और उसे पाकिस्तान आना पड़ा। यहाँ वह तक़रीबन ढाई साल बेकार रहा, मगर इस दौरान में उसने चन्द आदमी ऐसे तैयार कर लिये, जो रुपया लगाने के लिए राज़ी हैं। उसने सईद से कहा, "देखिए जनाब, मैं कोई फर्स्ट क्लास फ़िल्म नहीं बनाना चाहता। कम पढ़ा-लिखा आदमी हूँ। स्टंट फिल्म बना सकता हूँ और इन्शा अल्लाह अच्छी स्टंट फ़िल्म बनाऊँगा। पचास हज़ार रुपयों के अन्दर-अन्दर। सौ फ़ीसदी नफ़ा तो पक्का है—आपका क्या ख़याल है?"

सईद ने कुछ देर सोच कर जवाब दिया, "हाँ, इतना नफ़ा तो होना चाहिए।"

ज़हीर ने कहा, "जो आदमी रुपया लगाने के लिए तैयार हैं, मैंने उनसे कह दिया है कि हिसाब-किताब से मेरा कोई वास्ता नहीं होगा। यह काम आपका है—बाकी सब चीजें मैं सँभाल लूँगा।"

सईद ने पूछा, "मुझसे आप क्या ख़िदमत चाहते हैं?"

ज़हीर ने बड़ी सादगी से कहा, "पाकिस्तान के तक़रीबन तमाम डिस्ट्रीब्यूटर आपको जानते हैं। यहाँ मेरा उन लोगों से परिचय नहीं। बड़ी मेहरबानी होगी अगर आप मेरे फ़िल्म की डिस्ट्रीब्यूशन का बन्दोबस्त कर दें।"

सईद ने कहा, ''आप फ़िल्म तैयार कर लें। इन्शा अल्लाह हो जायेगा।"

"आपकी बड़ी मेहरबानी है।" यह कह कर ज़हीर ने मेज़ पर पड़ी हुई पेंसिल से एक फूल-सा बनाया। "सईद साहब, मुझे सौ फ़ीसदी यकीन है कि मैं कामयाब रहूँगा—हीरोइन मेरी बीवी होगी।"

सईद ने पूछा, "आपकी बीवी?"

"जी हाँ!"

"पहले किसी फ़िल्म में काम कर चुकी हैं?"

"जी नहीं।" ज़हीर ने पैड पर फूल के साथ डाली बनाते हुए कहा, "मैंने शादी यहाँ लाहौर में आ कर की है—मेरा इरादा तो नहीं था कि उसे फ़िल्म लाइन में लाऊँगा, मगर उसको शौक है—बहुत शौक है। हर रोज़ एक फ़िल्म देखती है—मैं आपको उसका फोटो दिखाता हूँ।"

ज़हीर ने मेज़ का दराज़ खोल कर एक लिफ़ाफ़ा निकाला और उसमें से अपनी बीवी का फोटो सरका कर सईद की तरफ़ बढ़ा दिया।

सईद ने फ़ोटो देखा। मामूली नाक-नक़्शे की जवान औरत थी। तंग माथा। बारीक नाक, मोटे-मोटे होंठ। आँखें बड़ी-बड़ी और उदास।

ये आँखें ही थीं, जो उसके चेहरे के दूसरे हिस्सों के मुकाबले में सबसे नुमायाँ थीं। सईद ने ग़ौर से उनको देखना चाहा, मगर इस बात को बुरा समझ कर फोटो मेज़ पर रख दिया।

ज़हीर ने पूछा, "क्या ख़याल है आपका?"

सईद के पास इस सवाल का जवाब तैयार नहीं था। उसके दिलो-दिमाग़ पर दरअस्ल वे आँखें छायी हुई थीं। बड़ी-बड़ी उदास आँखें। लापरवाही से उसने मेज़ पर से फोटो उठाया और एक नज़र देख कर फिर वहीं रख दिया। और कहा—"आप ज़्यादा बेहतर जानते हैं।"

ज़हीर ने पैड पर एक और फूल बनाना शुरू किया—"यह फोटो अच्छी नहीं—ज़रा सी हिली हुई है।"

इतने में पिछले दरवाज़े का पर्दा हिला और ज़हीर की बीवी दाख़िल हुई—वही बड़ी-बड़ी उदास आँखें। ज़हीर उसकी तरफ़ देख कर मुस्कराया—"अजीबो-ग़रीब नाम है इसका बिस्मिल्लाह!" फिर सईद की तरफ़ इशारा किया—"ये मेरे दोस्त सईद साहब हैं।"

बिस्मिल्लाह ने कहा, "आदाब अर्ज़।"

सईद ने उसका जवाब उठ कर दिया—"तशरीफ़ रखिए।"

बिस्मिल्लाह दुपट्टा ठीक करती हुई सईद के पास वाली कुर्सी पर बैठे गयी। हल्के प्याज़ी रंग के कलफ़-लगे मलमल के महीन दुपट्टे के पीछे उसके सीने का उभार चुग़लियाँ खा रहा था। सईद ने अपनी निगाहें दूसरी तरफ़ फेर लीं।

ज़हीर ने फोटो वापस लिफ़ाफे में रखा और सईद से कहा, "मुझे सौ फ़ीसदी यकीन है कि बिस्मिल्लाह पहली ही फ़िल्म में कामयाब साबित होगी। लेकिन समझ में नहीं आता, इसका फ़िल्मी नाम क्या रखूँ। बिस्मिल्लाह ठीक मालूम नहीं होता। क्या ख़याल है आपका?"

सईद ने बिस्मिल्लाह की तरफ़ देखा। उसकी बड़ी-बड़ी उदास आँखों में वह एक पल के लिए जैसे डूब-सा गया। फ़ौरन ही निगाह उस तरफ़ से हटा कर उसने ज़हीर से कहा, "जी हाँ बिस्मिल्लाह ठीक नहीं है। कोई और नाम होना चाहिए।" थोड़ी देर तक इधर-उधर की बातें होती रहीं। बिस्मिल्लाह ख़ामोश थी। उसकी बड़ी-बड़ी उदास आँखें भी खामोश थीं। सईद ने इस दौरान उन आँखों के अन्दर कई बार डुबकियाँ लगायीं। ज़हीर और वह दोनों बातें करते रहे। बिस्मिल्लाह ख़ामोश बैठी अपनी बड़ी-बड़ी उदास आँखों पर छायी हुई स्याह पलकें झपकाती रही। उसके हल्के प्याज़ी रंग के कलफ़-लगे मलमल के महीन दुपट्टे के पीछे से उसके सीने का उभार बराबर चुग़लियाँ खाता रहा। सईद उधर देखता तो एक धक्के के साथ उसकी नज़रें दूसरी तरफ़ पलट जातीं।

बिस्मिल्लाह का रंग गहरा साँवला था। फोटो में इस रंगत का पता नहीं चलता था। इस गहरे साँवले रंग पर उसकी बड़ी-बड़ी काली आँखें और भी ज़्यादा उदास हो गयी थीं। सईद ने कई मर्तबा सोचा कि इस उदासी का कारण क्या है?—इनकी बनावट ही कुछ ऐसी है कि उदास दिखायी देती हैं या कोई और वजह है। सही-सही कोई बात सईद के ज़ेहन में न आयी। ज़हीर बम्बई की बातें शुरू करने वाला था कि बिस्मिल्लाह उठी और चली गयी। उसकी चाल में बेढंगापन था, जैसे उसने ऊँची एड़ी की चप्पलें नयी-नयी इस्तमाल करनी शुरू की हैं। ग़रारे की फिटिंग भी ठीक नहीं थी। सिलवटों का गिराव भद्दा था। इसके अलावा सईद ने यह भी महसूस किया कि अदब-कायदे से बिस्मिल्लाह बिलकुल कोरी है—लेकिन उसके गहरे साँवले चेहरे पर दो बड़ी-बड़ी स्याह आँखें, उदास होने के बावजूद किस क़दर भाव-भरी थीं।

चन्द ही मुलाकातों में ज़हीर से सईद के सम्बन्ध बहुत गहरे हो गये। ज़हीर बेहद सादा-दिल था। इस ख़ास चीज़ का सईद पर बहुत असर हुआ था। उसकी किसी भी बात में बनावट नहीं होती थी। ख़याल जिस शक्ल में पैदा होते थे सीधे-सादे शब्दों में तबदील हो कर उसकी ज़बान पर आ जाते थे। खाने-पीने और रहने-सहने के मामले में भी वह सादगी-पसन्द था।

जब भी सईद उसके यहाँ जाता, ज़हीर उसकी ख़ातिर-तवाज़ो करता। सईद ने

उससे कई बार कहा कि तुम यह तकल्लुफ़ न किया करो, मगर वह न मानता। वह अक्सर कहा करता, "इसमें तकल्लुफ क्या है, आपका अपना घर है।"

सईद ने जब तक़रीबन हर रोज़ ज़हीर के यहाँ जाना शुरू किया तो उसने सोचा कि यह बहुत बुरी बात है। वह मेरी इतनी इज़्ज़त करता है। मुझे अपना दोस्त समझता है और मैं उससे सिर्फ़ इसलिए मिलता हूँ कि मुझे उसकी बीवी से दिलचस्पी पैदा हो गयी है। यह बहुत बुरी बात है।

उसके दिल ने कई दफ़ा उसे टोका, मगर वह बराबर ज़हीर के यहाँ जाता रहा। बिस्मिल्लाह अक्सर आ जाती थी। शुरू-शुरू में वह ख़ामोश बैठी रहती। फिर आहिस्ता-आहिस्ता उसने बातों में हिस्सा लेना शुरू कर दिया, लेकिन उसे बातचीत करने का ढंग नहीं आता था। सईद को दुख होता था कि वह अच्छी बातें करना क्यों नहीं जानती।

कई मर्तबा ऐसा हुआ कि ज़हीर घर से बाहर था। सईद ने आवाज़ दी तो बिस्मिल्लाह बोली—"बाहर गये हुए हैं।" यह सुन कर सईद कुछ देर खड़ा रहा कि शायद वह उससे कहे, 'अन्दर आ जाइये, अभी आते हैं।' मगर ऐसा न हुआ।

ज़हीर की फ़िल्म का चक्कर चल रहा था। इसका ज़िक्र क़रीब-क़रीब हर रोज़ होता। ज़हीर कहता—"मुझे इतनी जल्दी नहीं है। हर एक चीज़ आराम से होगी और अपने वक़्त पर होगी।" सईद को ज़हीर की फ़िल्म से कोई दिलचस्पी नहीं थी। उसको अगर दिलचस्पी थी तो बिस्मिलाह से, जिसकी बड़ी-बड़ी उदास आँखों में वह कई बार ग़ोते लगा चुका था और उसकी यह दिलचस्पी दिन-ब-दिन बढ़ती जा रही थी। जिसका एहसास उसके लिए तकलीफ़देह था, क्योंकि यह खुली हुई बात थी कि वह अपने दोस्त ज़हीर की बीवी से शारीरिक सम्बन्ध क़ायम करना चाहता था।

दिन गुज़रते गये। ज़हीर की फ़िल्म का काम वहीं-का-वहीं था। सईद एक दिन उससे मिलने गया तो वह कहीं बाहर गया हुआ था। चलने ही वाला था कि बिस्मिल्लाह ने कहा, "अन्दर आ जाइए, वे कहीं दूर नहीं गये।"

सईद का दिल धड़कने लगा। कुछ देर रुकने के बाद वह कमरे में दाख़िल हुआ और कुर्सी पर बैठ गया। बिस्मिल्लाह मेज़ के पास खड़ी थी। सईद ने हिम्मत से काम ले कर उससे कहा, "बैठिए।" बिस्मिल्लाह उसके सामने वाली कुर्सी पर बैठ गयी। थोड़ी देर ख़ामोश रही। इसके बाद सईद ने उसकी आँखों की तरफ़ देख कर कहा, "ज़हीर आये नहीं अभी तक?"

बिस्मिल्लाह ने मुख़्तसर जवाब दिया, "आ जायेंगे।"

थोड़ी देर फिर ख़ामोशी रही। इस दौरान में कई मरतबा सईद ने बिस्मिल्लाह की आँखों की तरफ़ देखा। उसके दिल में ख़्वाहिश पैदा हुई कि उठ कर उनको चूमना शुरू कर दे। इस क़दर चूमे कि उनकी सारी उदासी धुल जाये, मगर सईद

ने इस इच्छा पर काबू पा कर उससे कहा, "आपको फ़िल्म में काम करने का बहुत शौक है?"

बिस्मिल्लाह ने एक जम्हाई ली और जवाब दिया, "है तो सही।"

सईद नसीहत देने लगा—"यह लाइन अच्छी नहीं। मेरा मतलब है बड़ी बदनाम है।" इसके बाद उसने फ़िल्म लाइन की तमाम बुराइयाँ बयान करना शुरू कर दीं। ज़हीर का ख़याल आया तो उसने रुख़ बदल लिया। "आपको शौक है तो ख़ैर दूसरी बात है, कैरेक्टर मज़बूत हो तो आदमी किसी भी लाइन में अपने पैरों पर टिका रह सकता है। फिर ज़हीर ख़ुद अपनी फिल्म बना रहा है, लेकिन आप किसी दूसरे की फ़िल्म में काम हरगिज़ न कीजिएगा।"

बिस्मिल्लाह ख़ामोश रही। सईद को उसकी यह ख़ामोशी बहुत बुरी मालूम हुई। पहली मर्तबा उसको तन्हाई में उससे मिलने का मौका मिला था, मगर वह बोलती ही नहीं थी। सईद ने एक-दो बार डरते-डरते टोह लेने वाली निगाहों से उसे देखा, मगर उस पर कोई प्रतिक्रिया न हुई। थोड़ी देर ख़ामोश रहने के बाद वह उससे मुखातिब हुआ—"अच्छा तो पान ही खिलाइए।"

बिस्मिल्लाह उठी। रेशमी कमीज़ के पीछे उसके सीने का नुमायाँ उभार हिला। सईद की निगाहों को धक्का-सा लगा।

बिस्मिल्लाह दूसरे कमरे में गयी तो वह डर-डर के तीखी-तीखी बातें सोचने लगा।

थोड़ी देर के बाद वह पान ले कर आयी और सईद के पास खड़ी हो गयी—"लीजिए।"

सईद ने शुक्रिया कह कर पान लिया तो उसकी उँगलियाँ बिस्मिल्लाह की उँगलियों से छू गयीं। उसके सारे बदन में बिजली की-सी लहर दौड़ गयी। उसके साथ ही ज़मीर का काँटा उसके दिल में चुभा। बिस्मिल्लाह सामने कुर्सी पर बैठ गयी। उसके गहरे साँवले चेहरे से सईद को कुछ पता नहीं चलता था। सईद ने सोचा, 'कोई और औरत होती तो फ़ौरन समझ जाती कि मैं उसे किन आँखों से देख रहा हूँ। लेकिन शायद समझ गयी हो, शायद न भी समझी हो—कुछ समझ में नहीं आता।'

सईद का दिमाग़ बहुत बेचैन था। एक तरफ़ बिस्मिल्लाह का सताने वाला वजूद था। उसकी बड़ी-बड़ी उदास आँखें। उसके सीने का नुमायाँ उभार। दूसरी तरफ़ ज़हीर का ख़याल, उसके ज़मीर का काँटा। सईद अजब उलझन में फँस गया था। बिस्मिल्लाह की तरफ़ से कोई इशारा नहीं मिला था। इसका मतलब साफ़ था कि जो चीज़ सईद सोच रहा है, नामुमकिन है। मगर वह फिर भी उसको उन्हीं निगाहों से देख रहा था। थोड़ी देर ख़ामोश रहने के बाद वह उससे मुख़ातिब हुआ—"ज़हीर नहीं आये। मेरा ख़याल है, मैं चलता हूँ।"

बिस्मिल्लाह ने आशा के विपरीत कहा—"नहीं, नहीं, बैठिए।"

"आप तो कोई बात ही नहीं करतीं।" यह कह कर सईद उठा।

बिस्मिल्लाह ने पूछा—"चलें?"

सईद ने उसकी तरफ़ टोह लेने वाली निगाहों से देखा। "जी नहीं, बैठता हूँ। आपको अगर कोई एतराज़ न हो।"

बिस्मिल्लाह ने एक जम्हाई ली—"मुझे क्या एतराज़ होगा।"

बिस्मिल्लाह की आँखों में ख़ुमार-सा पैदा हो गया। सईद ने कहा, "आपको शायद नींद आ रही है।"

"जी हाँ, रात जागती रही।"

सईद ने ज़रा बेतकल्लुफी से पूछा, "क्यों?"

बिस्मिल्लाह ने एक और जम्हाई ली—"कहीं बाहर गये हुए थे।"

सईद बैठ गया। थोड़ी देर के बाद बिस्मिल्लाह सो गयी। उसके सीने का नुमायाँ उभार रेशमी कमीज़ के पीछे साँस के उठने-गिरने से हौले-हौले हिल रहा था। बड़ी-बड़ी उदास आँखें अब बन्द थीं। दायाँ बाज़ू एक तरफ़ ढुलक गया था। आस्तीन ऊपर को उठ गयी थी। सईद ने देखा—गहरे साँवले रंग की कलाई पर हिन्दी के अक्षर ख़ुदे हुए थे। इतने में ज़हीर आ गया।

सईद उसकी आमद पर सिटपिटा-सा गया। ज़हीर ने उससे हाथ मिलाया। अपनी बीवी बिस्मिल्लाह की तरफ़ देखा—"अरे, सो रही है।"

सईद ने कहा—"मैं जा रहा था। कहने लगीं ज़हीर साहब अभी आ जायेंगे। आप बैठिए। मैं बैठा तो आप सो गयीं।"

ज़हीर हँसा। सईद भी हँसने लगा।

"भई वाह, उठो-उठो," ज़हीर ने बिस्मिल्लाह के सिर पर हाथ फेरा।

बिस्मिल्लाह ने एक लम्बी आह भरी और अपनी बड़ी-बड़ी उदास आँखें खोल दीं। उदासी के साथ-साथ अब उनमें वीरानीसी भी थी।

"चलो-चलो, उठो। एक ज़रूरी काम पर जाना है।" बिस्मिल्लाह से यह कह कर ज़हीर सईद से मुख़ातिब हुआ, "माफ़ कीजियेगा सईद साहब, मैं एक काम से जा रहा हूँ। इन्शा अल्लाह कल मुलाकात होगी।" सईद चला गया। दूसरे रोज़ उसने ज़हीर के यहाँ जाने से पहले यह दुआ माँगी कि वह घर पर न हो। वहाँ पहुँचा तो बाहर कई आदमी जमा थे। सईद को उनसे मालूम हुआ कि बिस्मिल्लाह ज़हीर की बीवी नहीं थी। वह एक हिन्दू लड़की थी, जो फसादों में यहाँ रह गयी थी। ज़हीर उससे पेशा कराता था। पुलिस अभी-अभी उसे बरामद करके ले गयी है। दो बड़ी-बड़ी स्याह और उदास आँखें अब सईद का पीछा करती रहती हैं।

हतक़

दिन भर की थकी-माँदी, वह अभी-अभी अपने बिस्तर पर लेटी थी और लेटते ही सो गयी थी। म्युनिसिपल कमेटी का सफ़ाई-दारोग़ा, जिसे वह 'सेठ' के नाम से पुकारा करती थी, अभी-अभी उसकी हसलियाँ-पसलियाँ झँझोड़ कर, शराब के नशे में चूर, घर को वापस गया था। वह रात को यहीं रह जाता, पर उसे अपनी 'धरम-पत्नी' का बहुत ख़याल था, जो उससे बेहद 'प्रेम' करती थी।

वे रुपये, जो उसने अपनी जिस्मानी मशक्कत के बदले में, उस दारोग़ा से वसूल किये थे, उसकी चुस्त और थूक-भरी चोली के नीचे से, ऊपर को उभरे हुए थे। कभी-कभी साँस के उतार-चढ़ाव से चाँदी के ये सिक्के खनखनाने लगते और उनकी खनखनाहट उसके दिल की बेसुरी धड़कनों में घुल-मिल जाती। ऐसा मालूम होता था कि उन सिक्कों की चाँदी पिघल कर, उसके दिल के ख़ून में टपक रही है।

उसका सीना अन्दर से तप रहा था। यह गर्मी, कुछ तो उस ब्रांडी की वजह से थी, जिसका अद्धा दारोग़ा अपने साथ लाया था और कुछ उस 'ब्योड़े' का नतीजा थी, जिसको सोडा ख़त्म होने पर, दोनों ने पानी मिला कर पिया था।

वह सागौन के लम्बे-चौड़े पलँग पर औंधे-मुँह लेटी हुई थी। उसकी बाँहें, जो कन्धों तक नंगी थीं, पतंग की उस काँप की तरह फैली हुई थीं, जो ओस में भीग जाने के कारण पतले काग़ज़ से अलग हो जाय। दायें बाज़ू की बग़ल में झुर्रियों-भरा माँस उभरा हुआ था, जो बार-बार मुँड़ने की वजह से नीली-काली रंगत का हो गया था। लगता था, जैसे नुची हुई मुर्ग़ी की खाल का एक टुकड़ा वहाँ पर रख दिया गया है।

कमरा बहुत छोटा था, जिसमें अनगिनत चीज़ें बेतरतीबी के साथ बिखरी हुई थीं। तीन-चार सूखी-सड़ी चप्पलें पलँग के नीचे पड़ी थीं, जिनके ऊपर मुँह रख कर एक खाज-मारा कुत्ता सो रहा था और नींद में किसी अनजान चीज़ को मुँह चिढ़ा रहा था। उस कुत्ते के बाल, खुजली के कारण, जगह-जगह से उड़े हुए थे। दूर से अगर कोई उस कुत्ते को देखता तो समझता कि पैर पोंछने वाला पुराना टाट, दोहरा कर, ज़मीन पर रखा हुआ है।

उस तरफ़, छोटी-सी दीवारगीर पर, सिंगार का सामान रखा था—गालों पर लगाने की सुर्ख़ी, लाल रंग की लिपस्टिक, पाउडर, कंघी और लोहे के पिन, जिन्हें शायद वह अपने जूड़े में लगाया करती थी। पास ही एक लम्बी खूँटी के साथ तोते का पिंजरा लटक रहा था, जिसमें तोता, गर्दन को अपनी पीठ के बालों में छिपाये, सो रहा था। पिंजरा, कच्चे अमरुद के टुकड़ों और गले हुए सन्तरे के छिलकों से भरा हुआ था। उन बदबूदार टुकड़ों पर छोटे-छोटे, काले रंग के मच्छर या पतंगे उड़ रहे थे। पलँग के पास ही बेंत की एक कुर्सी पड़ी थी, जिसकी पीठ लगातार सिर टेकने की वजह से बेहद मैली हो रही थी। कुर्सी के दाँयें हाथ को एक सुन्दर तिपायी थी, जिस पर 'हिज़ मास्टर्स वॉयस' का पोर्टेबल ग्रामोफ़ोन पड़ा था। उस ग्रामोफ़ोन पर मढ़े हुए काले कपड़े की बहुत बुरी हालत थी। मोरचा-लगी सुइयाँ, तिपायी के अलावा, कमरे के हर कोने में बिखरी पड़ी थीं। उस ग्रामोफ़ोन के ठीक ऊपर दीवार पर चार फ्रेम लटक रहे थे, जिनमें अलग-अलग व्यक्तियों की तस्वीरें जड़ी थीं।

इन तस्वीरों से ज़रा इधर हट कर, यानी दरवाज़े में दाख़िल होते ही, बायीं तरफ़ की दीवार के कोने में, चौखटे में जड़ा गणेश जी का बड़े ही भड़कीले रंग का चित्र था, जो ताज़ा और सूखे फूलों से लदा हुआ था। लगता था, यह चित्र कपड़े के किसी थान से उतार कर फ्रेम कराया गया था। उस चित्र के साथ, छोटे-से ताक पर, जो कि बेहद चिकना हो रहा था, तेल की एक प्याली धरी थी, जो दीये को जलाने के लिए वहाँ रखी गयी थी। पास ही दिया पड़ा था, जिसकी लौ, हवा बन्द होने की वजह से, माथे के तिलक की तरह सीधी खड़ी थी। उस दीवारगीर पर धूप-बत्ती की छोटी-बड़ी मरोड़ियाँ भी पड़ी थीं। जब वह बोहनी करती थी तो दूर से गणेश जी की उस मूर्ति से रुपये छुआ कर और फिर अपने माथे के साथ लगा कर, उन्हें अपनी चोली में रख लिया करती थी। उसकी छातियाँ चूँकि काफ़ी उभरी हुई थीं, इसलिए वह जितने रुपये भी अपनी चोली में रखती, सुरक्षित पड़े रहते। अलबत्ता कभी-कभी, जब माधो पूने से छुट्टी ले कर आता तो उसे अपने कुछ रुपये पलँग के पाये के नीचे उस छोटे-से गड्डे में छिपाने पड़ते थे, जो उसने ख़ास तौर पर इसी काम के लिए खोद रहा था। माधो से रुपये बचाये रखने का यह तरीका सुगन्धी को रामलाल दलाल ने बताया था।

उसने जब यह सुना था कि माधो पूने से आ कर सुगन्धी पर धावे बोलता है तो कहा था, "उस साले को तूने कब से यार बनाया है?...यह बड़ी अनोखी आशिकी-माशूकी है।...साला एक पैसा अपनी जेब से निकालता नहीं और तेरे साथ मज़े उड़ाता है। मज़े अलग रहे, तुझसे कुछ ले भी मरता है...सुगन्धी, मुझे कुछ दाल में काला नज़र आता है! उस साले में कोई बात ज़रूर है, जो वह तुझे भा गया है...सात साल से यह धन्धा कर रहा हूँ। मैं तुम छोकरियों की सारी कमज़ोरियाँ जानता हूँ।"

यह कह कर रामलाल दलाल ने, जो बम्बई शहर के विभिन्न भागों में, दस रुपये से ले कर सौ रुपये लेने वाली, एक सौ बीस छोकरियों का धन्धा करता था, सुगन्धी को बताया, "साली, अपना धन यों बरबाद न कर...तेरे तन पर से ये कपड़े भी उतार कर ले जायेगा वह तेरी माँ का यार।...इस पलँग के पाये के नीचे छोटा-सा गड्डा खोद कर, उसमें सारे पैसे दबा दिया कर और जब वह यहाँ आया करे तो उससे कहा कर—'तेरी जान की क़सम माधो, आज सुबह से एक धेले का मुँह नहीं देखा। बाहर वाले से कह कर एक 'कोप' चाय और एक अफ़लातून बिस्कुट तो मँगा। भूख से मेरे पेट में चूहे दौड़ रहे हैं'...समझी? समय बहुत ख़राब आ गया है मेरी जान...इस साली कांग्रेस ने शराब बन्द करके बाज़ार बिलकुल मन्दा कर दिया है। पर तुझे तो कहीं-न-कहीं से पीने को मिल ही जाती है। भगवान क़सम, जब तेरे यहाँ कभी रात की ख़ाली की हुई बोतल देखता हूँ और दारू की बास सूँघता हूँ तो जी चाहता है, तेरी जून में चला जाऊँ।"

सुगन्धी को अपने जिस्म में सबसे ज़्यादा अपना सीना पसन्द था। एक बार जमुना ने उससे कहा—"नीचे से इन बम के गोलों को बाँध कर रखा कर। अँगिया पहना करेगी तो इनकी सख़्ताई ठीक रहेगी।"

सुगन्धी यह सुन कर हँस दी थी, "जमुना, तू सब को अपने-सरीखा समझती है। दस रुपये में लोग तेरी बोटियाँ तोड़ कर चले जाते हैं तो तू समझती है कि सब के साथ ऐसा ही होता होगा...कोई मुआ लगाये तो ऐसी-वैसी जगह हाथ... अरे हाँ, कल की बात तुझे सुनाऊँ। रामलाल रात के दो बजे एक पंजाबी को लाया। रात का तीस रुपया तय हुआ। जब सोने लगे तो मैंने बत्ती बुझा दी। अरे, वह तो डरने लगा। सुनती हो जमुना! तेरी क़सम, अँधेरा होते ही उसका सारा जोर हवा हो गया। वह डर गया। मैंने कहा, 'चलो, चलो! देर क्यों करते हो। तीन बजने वाले हैं, अभी दिन चढ़ जायेगा।' बोला, 'रोशनी करो...रोशनी करो।' मैंने कहा, 'यह रोशनी क्या हुआ?' बोला, 'लाइट...लाइट।'...उसकी भिंची हुई आवाज़ सुन कर मुझसे हँसी न रुकी।...'भई, मैं तो लाइट न करूँगी।'...और यह कह कर मैंने उसकी माँस-भरी रान में चुटकी ली।...वह तड़प कर उठ बैठा और लाइट ऑन कर दी। मैंने झट से चादर ओढ़ ली, और कहा, 'तुझे शर्म नहीं आती मर्दुए!'...वह पलँग पर आया तो मैं उठी और लपक कर लाइट बुझा दी। वह फिर घबराने लगा ...तेरी क़सम, बड़े मज़े में रात कटी। कभी अँधेरा, कभी उजाला; कभी उजाला, कभी अँधेरा। ट्राम की खड़खड़ाहट हुई तो पतलून-वतलून पहन कर वह उठ भागा ...साले ने तीस रुपये सट्टे में जीते होंगे, जो यूँ मुफ़्त दे गया...जमुना तू बिलकुल अल्हड़ है। बड़े-बड़े गुर याद हैं मुझे इन लोगों को ठीक करने के लिए।"

सुगन्धी को सचमुच बहुत-से गुर याद थे, जो उसने अपनी एक-दो सहेलियों को बताये भी थे। आम तौर पर वह यह गुर सबको बताया करती थी—"अगर

आदमी भला हो, ज़्यादा बातें न करने वाला हो, तो उससे ख़ूब शरारतें करो, अनगिनत बातें करो, उसे छेड़ो, सताओ, उसके गुदगुदी करो, उससे खेलो...अगर दाढ़ी रखता हो तो उसमें उँगलियों से कंघी करते-करते, दो-चार बाल भी नोच लो; पेट बड़ा हो तो थपथपाओ...उसको इतनी मोहलत ही न दो कि अपनी मर्ज़ी के मुताबिक कुछ करने पाये...वह ख़ुश-ख़ुश चला जायेगा और तुम भी बची रहोगी ...ऐसे मर्द, जो गुपचुप रहते हैं, बड़े खतरनाक होते हैं बहन...हड्डी-पसली तोड़ देते हैं, अगर उनका दाँव चल जाय।"

सुगन्धी उतनी चालाक नहीं थी, जितनी वह ख़ुद को ज़ाहिर करती थी। उसके गाहक बहुत कम थे। वह एक बहुत ही भावुक लड़की थी। यही वजह है कि वे सारे गुर, जो उसे याद थे, उसके दिमाग़ से फिसल कर उसके पेट में आ जाते थे, जिस पर, एक बच्चा होने के कारण, कई लकीरें पड़ गयी थीं।...इन लकीरों को पहली बार देख कर उसे ऐसा लगा था कि उसके खाज-मारे कुत्ते ने अपने पंजे से ये निशान बना दिये हैं।...जब कोई कुतिया बड़ी उपेक्षा से उसके पालतू कुत्ते के पास से गुज़र जाती थी तो वह शर्मिन्दगी दूर करने के लिए ज़मीन पर अपने पंजों से इसी तरह के निशान बनाया करता था।

सुगन्धी दिमाग़ में ज़्यादा रहती थी, लेकिन जैसे ही कोई नर्म-नाज़ुक बात—कोई कोमल बोल—उससे कहता, वह झट पिघल कर अपने शरीर के दूसरे हिस्सों में फैल जाती। हालाँकि उसका दिमाग़ मर्द-औरत के शारीरिक सम्बन्ध को एकदम बेकार की चीज़ समझता था, पर उसके शरीर के बाकी अंग—सब-के-सब—इसके बुरी तरह कायल थे। वे थकन चाहते थे—ऐसी थकन, जो उन्हें झकझोर कर—उन्हें मार कर—सोने पर मजबूर कर दे। ऐसी नींद, जो थक कर चूर-चूर होने के बाद आये, कितनी मज़ेदार होती है।...वह बेहोशी, जो मार खा कर, जोड़-जोड़ ढीले हो जाने पर छा जाती है, कितना आनन्द देती है।...कभी ऐसा लगता है कि तुम हो, कभी ऐसा लगता है कि तुम नहीं हो और इस होने और न होने के बीच कभी-कभी ऐसा महसूस होता है कि तुम हवा में बहुत ऊँची जगह लटके हुए हो। ऊपर हवा, नीचे हवा, दायें हवा, बायें हवा—बस हवा-ही-हवा! और फिर उस हवा में दम घुटना भी एक ख़ास मज़ा देता है।

बचपन में, जब वह आँख-मिचोली खेला करती थी और अपनी माँ का बड़ा सन्दूक खोल कर उसमें छिप जाया करती थी तो नाकाफी हवा में, दम घुटने के साथ-साथ पकड़े जाने के डर से वह तेज़ धड़कन, जो उसके दिल में पैदा हो जाया करती थी, कितना मज़ा दिया करती थी।

सुगन्धी चाहती थी कि अपनी सारी ज़िन्दगी, ऐसे ही किसी सन्दूक में छिप कर गुज़ार दे, जिसके बाहर ढूँढने वाले फिरते रहें। कभी-कभी उसको ढूँढ निकालें ताकि वह भी उनको ढूँढने की कोशिश करे। यह ज़िन्दगी, जो वह पाँच बरस से

बिता रही थी, आँख-मिचोली ही तो थी।...कभी वह किसी को ढूँढ लेती थी और कभी कोई उसे ढूँढ लेता था...बस यों ही उसका जीवन बीत रहा था। वह ख़ुश थी, इसलिए कि उसको ख़ुश रहना पड़ता था। हर रोज़ रात को कोई-न-कोई मर्द उसके चौड़े सागौनी पलँग पर होता था और सुगन्धी, जिसे मर्दों को ठीक करने के अनगिनत गुर याद थे, इस बात का बार-बार निश्चय करने पर भी कि वह उन मर्दों की कोई ऐसी-वैसी बात नहीं मानेगी और उनके साथ बड़े रूखेपन से पेश आयेगी, हमेशा अपनी भावनाओं की धारा में बह जाया करती थी और सिर्फ़ एक प्यासी औरत रह जाया करती थी।

हर रोज़ रात को उसका पुराना या नया मुलाकाती उससे कहा करता था, "सुगन्धी! मैं तुझसे प्यार करता हूँ।" और सुगन्धी, यह जानते हुए भी कि वह झूठ बोलता है, मोम हो जाती थी और ऐसा महसूस करती थी, जैसे सचमुच उससे प्यार किया जा रहा है। प्यार! कितना सुन्दर शब्द है। वह चाहती थी, उसको पिघला कर अपने सारे अंगों पर मल ले, उसकी मालिश करे, ताकि यह सारे-का-सारा उसके जिस्म में रच जाय...या फिर वह ख़ुद उसके अन्दर चली जायद्यून सिमट-सिमटा कर उसके अन्दर, दाख़िल हो जाय और ऊपर से ढकना बन्द कर दे। कभी-कभी जब प्यार करने और प्यार किये जाने की इच्छा उसके अन्दर शिद्दत से उठती तो कई बार उसके मन में आता कि अपने पास पड़े हुए आदमी को गोद में ले कर थपथपाना शुरू कर दे और लोरियाँ दे कर, उसे अपनी गोद में ही सुला दे।

प्यार कर सकने की कूवत उसके अन्दर इतनी ज़्यादा थी कि हर उस मर्द से, जो उसके पास आता था, वह प्यार कर सकती थी और फिर उसको निभा सकती थी। अब तक चार मर्दों से (जिनकी तस्वीरें उसके सामने दीवार पर लटक रही थीं) वह प्यार निभा ही तो रही थी। हर समय यह एहसास उसके दिल में बना रहता था कि वह बहुत अच्छी है। लेकिन यह अच्छापन मर्दों में क्यों नहीं होता, यह बात उसकी समझ में न आती थी।...एक बार आयीना देखते हुए अनायास उसके मुँह से निकल गया था—'सुगन्धी! तुझसे ज़माने ने अच्छा सलूक नहीं किया।' यह ज़माना यानी पाँच बरसों के दिन और उनकी रातें, उसके जीवन के हर तार के साथ जुड़ा हुआ था। हालाँकि उस ज़माने से उसको वह ख़ुशी नसीब नहीं हुई थी, जिसकी इच्छा उसके मन में मौजूद थी, फिर भी वह चाहती थी कि यों ही उसके दिन बीतते चले जायँ। उसे कौन-से महल खड़े करने थे, जो रुपये-पैसे का लालच करती। दस रुपये उसका आम रेट था, जिसमें से अढ़ाई रुपये रामलाल अपनी दलाली के काट लेता था। साढ़े सात रुपये उसे रोज़ मिल ही जाया करते थे, जो उसकी अकेली जान के लिए काफी थे और माधो जब पूने से, बकौल रामलाल दलाल, सुगन्धी पर धावे बोलने के लिए आता था, तो वह दस-पन्द्रह रुपये टैक्स-स्वरूप भी अदा करती थी। यह टैक्स सिर्फ इस बात का था कि सुगन्धी को

उससे कुछ 'वह' हो गया था। रामलाल दलाल ठीक कहता था, उसमें कुछ ऐसी बात ज़रूर थी, जो सुगन्धी को बहुत भा गयी थी। अब उसको छिपाना क्या? बता ही क्यों न दें।

सुगन्धी से जब माधो की पहली मुलाकात हुई तो उसने कहा था, "तुझे लाज नहीं आती अपना भाव करते! जानती है, तू मेरे साथ किस चीज़ का सौदा कर रही है!...और मैं तेरे पास क्यों आया हूँ?...छिह-छिह-छिह! दस रुपये, और जैसा कि तू कहती है, ढाई रुपये दलाल के, बाकी रहे साढ़े सात—रहे न साढ़े सात?...अब इन साढ़े सात रुपल्लियों पर तू मुझे ऐसी चीज़ देने का वचन देती है, जो तू दे ही नहीं सकती और मैं ऐसी चीज़ लेने आया हूँ, जो मैं ले ही नहीं सकता...मुझे औरत चाहिए, पर तुझे क्या इसी वक़्त, इसी घड़ी, मर्द चाहिए?...मुझे तो कोई औरत भा जायेगी; पर क्या मैं तुझे जँचता हूँ?...तेरा-मेरा नाता ही क्या है, कुछ भी नहीं...बस ये दस रुपये, जिनमें से ढाई दलाली में चले जायेंगे और बाकी इधर-उधर बिखर जायेंगे, तेरे और मेरे बीच बज रहे हैं...तू भी इनका बजना सुन रही है और मैं भी। तेरा मन कुछ और सोचता है, मेरा मन कुछ और...क्यों न कोई ऐसी बात करें कि तुझे मेरी ज़रूरत हो और मुझे तेरी...पूने में हवलदार हूँ। महीने में एक बार आया करूँगा, तीन-चार दिन के लिए...यह धन्धा छोड़...मैं तुझे ख़र्च दे दिया करूँगा...क्या भाड़ा है इस खोली का?"

माधो ने और भी बहुत कुछ कहा था, जिसका असर सुगन्धी पर इतना ज़्यादा हुआ था कि वह कुछ क्षणों के लिए अपने आप को हवलदारनी समझने लगी थी। बातें करने के बाद माधो ने उसके कमरे की बिखरी हुई चीज़ें करीने से रखी थीं और नंगी तस्वीरें, जो सुगन्धी ने अपने सिरहाने लग रखी थीं, बिना पूछे फाड़ दी थीं और कहा था, "सुगन्धी, भई मैं ऐसी तस्वीरें यहाँ नहीं रखने दूँगा...और पानी का यह घड़ा—देख तो, कितना मैला है और ये...ये चिथड़े...ये चिन्दियाँ...उफ़, कितनी बुरी बास आती है। उठा के बाहर फेंक इनको...और तूने अपने बालों का क्या सत्यानास कर रखा है"...और...और...

तीन घण्टे की बात-चीत के बाद सुगन्धी और माधो, दोनों आपस में घुल-मिल गये थे और सुगन्धी को तो ऐसा महसूस हुआ था कि वह बरसों से हवलदार को जानती है। उस वक़्त तक किसी ने भी कमरे में बदबूदार चिथड़ों, मैले घड़े और नंगी तस्वीरों की मौजूदगी का ख़याल नहीं किया था और न कभी किसी ने उसको यह महसूस करने का मौक़ा दिया था कि उसका एक घर है, जिसमें घरेलूपन आ सकता है। लोग आते थे और बिस्तर तक की गन्दगी को महसूस किये बिना, चले जाते थे। कोई सुगन्धी से यह न कहता था, "देख तो, आज तेरी नाक कितनी लाल हो रही है। कहीं ज़ुकाम न हो जाय तुझे...रह, मैं तेरे लिए दवा लाता हूँ।" माधो कितना अच्छा था। उसकी हर बात बावन तोला और पाव रत्ती की थी। क्या

खरी-खरी सुनायी थी उसने सुगन्धी को...उसे महसूस होने लगा कि उसे माधो की ज़रूरत है और इसलिए उन दोनों का सम्बन्ध हो गया।

महीने में एक बार माधो पूने से आता था और वापस जाते हुए, हमेशा सुगन्धी से कहा करता था, "देख सुगन्धी! अगर तूने फिर से अपना धन्धा शुरू किया तो बस, तेरी-मेरी टूट जायेगी।...अगर तूने एक बार भी किसी मर्द को अपने यहाँ ठहराया तो चुटिया से पकड़ कर बाहर निकाल दूँगा...देख, इस महीने का ख़र्च मैं तुझे पूना पहुँचते ही मनीआर्डर कर दूँगा...हाँ, क्या भाड़ा है इस खोली का?"

न माधो ने कभी पूने से ख़र्च भेजा था और न सुगन्धी ने अपना धन्धा बन्द किया था। दोनों अच्छी तरह जानते थे, क्या हो रहा है? न सुगन्धी ने कभी माधो से यह कहा था, 'तू यह टर-टर क्या करता है, एक फूटी कौड़ी भी दी है कभी तूने?' और न माधो ने कभी सुगन्धी से पूछा था, 'यह माल तेरे पास कहाँ से आता है, जब कि मैं तुझे कुछ देता ही नहीं।'... दोनों झूठे थे, दोनों एक गिलट-की-हुई ज़िन्दगी बिता रहे थे।... लेकिन सुगन्धी ख़ुश थी। जिसको असली सोना पहनने को न मिले, वह गिलट-किये-हुए गहनों पर ही सन्तोष कर लिया करता है।

उस समय सुगन्धी थकी-माँदी सो रही थी। बिजली का हण्डा, जिसे वह ऑफ़ करना भूल गयी थी, उसके सिर के ऊपर लटक रहा था। उसकी तेज़ रोशनी उसकी मुँदी हुई आँखों के साथ टकरा रही थी, पर वह गहरी नींद सो रही थी।

दरवाज़े पर दस्तक हुई।... रात के दो बजे यह कौन आया था? सपनों में डूबे हुए सुगन्धी के कानों में दस्तक की आवाज़ भनभनाहट बन कर पहुँची। दरवाज़ा जब ज़ोर से खटखटाया गया तो वह चौंक कर उठ बैठी।... दो मिली-जुली शराबों और दाँतों की रीखों में फँसे हुए मछली के रेशों ने उसके मुँह के अन्दर ऐसा लुआब पैदा कर दिया था, जो बेहद कसैला और लेसदार था। धोती के पल्लू से उसने यह बदबूदार लुआब साफ़ किया और आँखें मलने लगी। पलँग पर वह अकेली थी। झुक कर उसने पलँग के नीचे देखा तो उसका कुत्ता सूखी हुई चप्पलों पर मुँह रखे सो रहा था और नींद में किसी अनजान चीज़ को मुँह चिढ़ा रहा था। तोता पीठ के बालों में सिर दिये सो रहा था।

दरवाज़े पर फिर दस्तक हुई। सुगन्धी बिस्तर से उठी। उसका सिर, दर्द के मारे, फटा जा रहा था। घड़े से पानी का एक डोंगा निकाल कर उसने कुल्ली की और दूसरा डोंगा गटागट पी कर उसने दरवाज़े का पट थोड़ा-सा खोला और कहा, 'रामलाल?'

रामलाल, जो बाहर दस्तक देते-देते थक गया था, भन्ना कर बोला, "तुझे साँप सूँघ गया था या क्या हो गया था? एक घण्टे से बाहर खड़ा, दरवाज़ा खटखटा रहा हूँ। कहाँ मर गयी थी?" फिर आवाज़ दबा कर उसने हौले से पूछा, "अन्दर कोई है तो नहीं?"

जब सुगन्धी ने कहा—"नहीं"—तो रामलाल की आवाज़ फिर ऊँची हो गयी, "तू दरवाज़ा क्यों नहीं खोलती?...भई, हद हो गयी। क्या नींद पायी है। ऐसे एक-एक छोकरी को उठाने में दो-दो घण्टे सिर खपाना पड़े तो मैं अपना धन्धा कर चुका!...अब तू मेरा मुँह क्या देखती है। झटपट यह धोती उतार कर, वह फूलों वाली साड़ी पहन; पाउडर-वाउडर लगा और चल मेरे साथ...बाहर मोटर में एक सेठ बैठे, तेरा इन्तज़ार कर रहे हैं...चल-चल, एकदम जल्दी कर।"

सुगन्धी आराम-कुर्सी पर बैठे गयी और रामलाल आयीने के सामने अपने बालों में कंघी करने लगा। सुगन्धी ने तिपायी की तरफ़ हाथ बढ़ाया और बाम की शीशी उठा कर उसका ढकना खोलते हुए कहा, "रामलाल, आज मेरा जी अच्छा नहीं।"

रामलाल ने कंघी दीवारगीर पर रख दी और मुड़ कर कहा, "तो पहले ही कह दिया होता।"

सुगन्धी ने माथे और कनपटियों पर बाम मलते हुए, रामलाल का भ्रम दूर कर दिया, "वह बात नहीं रामलाल...ऐसे ही मेरा जी अच्छा नहीं...बहुत पी गयी।"

रामलाल के मुँह में पानी भर आया, "थोड़ी बची हो तो ला, ज़रा हम भी मुँह का मज़ा ठीक कर लें।"

सुगन्धी ने बाम की शीशी तिपायी पर रख दी और कहा, "बचायी होती तो यह मुआ सिर में दर्द ही क्यों होता...देख रामलाल, वह जो बाहर मोटर में बैठा है, उसे अन्दर ही ले आ।"

रामलाल ने जवाब दिया, "नहीं भई, वो अन्दर नहीं आ सकते। जेंटलमैन आदमी हैं। वो तो मोटर को गली के बाहर खड़ी करते हुए भी घबराते थे...तू कपड़े-वपड़े पहन ले और ज़रा गली के नुक्कड़ तक चल...सब ठीक हो जायेगा।"

साढ़े सात रुपये का सौदा था। सुगन्धी उस हालत में, जब कि उसके सिर में बेहिसाब दर्द हो रहा था, कभी स्वीकार न करती, लेकिन उसे रुपयों की सख़्त ज़रूरत थी। उसके साथ वाली खोली में एक मद्रासी औरत रहती थी, जिसका पति मोटर के नीचे आ कर मर गया था। उस औरत को अपनी जवान लड़की के साथ अपने घर जाना था, लेकिन उसके पास चूँकि किराया ही नहीं था, इसलिए वह असहाय अवस्था में पड़ी थी। सुगन्धी ने कल ही उसको ढाढस दिया था और उससे कहा था, "बहन, तू चिन्ता न कर। मेरा आदमी पूने से आने वाला है। मैं उससे कुछ रुपये ले कर, तेरे जाने का बन्दोबस्त कर दूँगी।"

...माधो पूना से आने वाला था, पर रुपयों का प्रबन्ध तो सुगन्धी को ही करना था। इसलिए वह उठी और जल्दी-जल्दी कपड़े बदलने लगी। पाँच मिनटों में उसने धोती उतार कर, फूलों वाली साड़ी पहनी और गालों पर लाल पाउडर लगा कर, तैयार हो गयी। घड़े से ठण्डे पानी का एक और डोंगा उसने पिया और रामलाल के साथ हो ली।

गली, जो कि छोटे शहरों के बाज़ारों से भी कुछ बड़ी थी, बिलकुल ख़ामोश थी। गैस के वे लैम्प, जो खम्भों पर जड़े थे, पहले की बनिस्बत बहुत धुँधली रोशनी दे रहे थे। लड़ाई के कारण उनके शीशों को गँदला कर दिया गया था। उस अन्धी रोशनी में, गली के आख़िरी सिरे पर, एक मोटर नज़र आ रही थी।

कमज़ोर रोशनी में उसे काले रंग की मोटर का साया नज़र आया और रात के पिछले पहर का भेद-भरा सन्नाटा...सुगन्धी को ऐसा लगा कि उसके सिर का दर्द सारे माहौल पर छा गया है। एक कसैलापन उसे हवा के अन्दर भी महसूस होता था, जैसे ब्राण्डी और ब्योड़े की बास से वह भी बोझिल हो रही हो। आगे बढ़ कर रामलाल ने मोटर के अन्दर बैठे हुए आदमियों से कुछ कहा। इतने में जब सुगन्धी मोटर के पास पहुँच गयी तो रामलाल एक तरफ़ हट कर बोला, "लीजिए, वह आ गयी...बड़ी अच्छी छोकरी है। थोड़े ही दिन हुए हैं इसे धन्धा शुरू किये।" फिर सुगन्धी की ओर मुड़ कर कहा—"सुगन्धी, इधर आ, सेठ जी बुलाते हैं।"

सुगन्धी, साड़ी का एक किनारा अपनी उँगली पर लपेटती हुई, आगे बढ़ी और मोटर के दरवाज़े के पास खड़ी हो गयी। सेठ साहब ने टॉर्च उसके चेहरे के पास रोशन की। एक क्षण के लिए उस रोशनी ने सुगन्धी की ख़ुमार-भरी आँखों में चकाचौंध पैदा की। बटन दबाने की आवाज़ पैदा हुई और रोशनी बुझ गयी। साथ ही से के मुँह सेठ एक 'उँह' निकली। फिर एकदम मोटर का इंजन फड़फड़ाया और कार यह जा, वह जा...सुगन्धी कुछ सोच भी न पायी कि मोटर चल दी। उसकी आँखों में अभी तक टॉर्च की तेज़ रोशनी घुसी हुई थी। वह सेठ का चेहरा भी तो ठीक तरह न देख सकी थी। यह आख़िर हुआ क्या था? इस 'उँह' का क्या मतलब था, जो अभी तक उसके कानों में भनभना रही थी। क्या?... क्या?

रामलाल दलाल की आवाज़ सुनायी दी, "पसन्द नहीं किया तुझे।...अच्छा भई, मैं चलता हूँ। दो घण्टे मुफ्त में ही बरबाद किये।"

यह सुन कर सुगन्धी की टाँगों में, उसकी बाँहों में, उसके हाथों में, एक ज़बरदस्त हरकत का इरादा पैदा हुआ। कहाँ थी वह मोटर...कहाँ था वह सेठ...तो 'उँह" का मतलब यह था कि उसने मुझे पसन्द नहीं किया...उसकी...गाली उसके पेट के अन्दर से उी और ज़बान की नोक पर आ कर रुक गयी। वह आख़िर गाली किसे देती। मोटर तो जा चुकी थी। उसकी दुम की लाल बत्ती उसके सामने, बाज़ार के अँधियारे में डूब रही थी। और सुगन्धी को ऐसा महसूस हो रहा था कि यह लाल-लाल अँगारा 'उँह' है, जो उसके सीने में बर्मे की तरह उतरा चला जा रहा है। उसके जी में आया कि ज़ोर से पुकारे, 'ओ सेठ...ओ सेठ...ज़रा मोटर रोकना अपनी...बस एक मिनट के लिए।' पर वह सेठ, थू है उसकी ज़ात पर, बहुत दूर निकल चुका था।

वह सुनसान बाज़ार में खड़ी थी। फूलों वाली साड़ी, जिसे वह ख़ास-ख़ास

मौकों पर पहना करती थी, रात के पिछले पहर की हल्की-फुल्की हवा में लहरा रही थी। यह साड़ी और उसकी रेशमी सरसराहट सुगन्धी को कितनी बुरी मालूम हो रही थी। वह चाहती थी कि उस साड़ी के चिथड़े उड़ा दे, क्योंकि साड़ी हवा में लहरा-लहरा कर 'उँह, उँह' कर रही थी।

गालों पर उसने पाउडर लगाया था और होंठों पर सुर्खी। जब उसे ख़याल आया कि यह शृंगार उसने अपने आपको पसन्द कराने के लिए किया था तो शर्म के मारे उसे पसीना आ गया। यह शर्मिन्दगी दूर करने के लिए उसने क्या कुछ न सोचा—'मैंने उस मुए को दिखाने के लिए थोड़े-ही अपने आपको सजाया था। यह तो मेरी आदत है—मेरी क्या, सब की यही आदत है...पर...पर...यह रात के दो बजे और रामलाल दलाल और...यह बाज़ार...और वह मोटर और टॉर्च की चमक।' ...यह सोचते ही, रोशनी के धब्बे उसकी नज़र की हद तक, फ़िज़ा में इधर-उधर तैरने लगे और मोटर के इंजन की फड़फड़ाहट उसे हवा के हर झोंके में सुनायी देने लगी।

उसके माथे पर बाम का लेप, जो शृंगार करते समय बिलकुल हल्का हो गया था, पसीना आने की वजह से, उसके लोमरन्ध्रों में दाख़िल होने लगा और सुगन्धी को अपना माथा किसी और का माथा मालूम हुआ। जब हवा का एक झोंका उसके पसीने से भीगे माथे के पास से गुज़रा तो उसे ऐसा लगा कि ठण्डा-ठण्डा टीन का टुकड़ा काट कर, उसके माथे के साथ चिपका दिया गया है। सिर में दर्द वैसे-का-वैसा मौजूद था, पर विचारों की भीड़-भाड़ और उनके शोर ने उस दर्द को अपने नीचे दबा रखा था। सुगन्धी ने कई बार उस दर्द को अपने ख़यालों के नीचे से निकाल कर ऊपर लाना चाहा, पर नाकाम रही। वह चाहती थी कि किसी-न-किसी तरह उसका अंग-अंग दुखने लगे। उसके सिर में दर्द हो, उसकी टाँगों में दर्द हो, उसके पेट में दर्द हो, उसकी बाँहों में दर्द हो—ऐसा दर्द कि वह सिर्फ़ दर्द ही का ख़याल करे, बाकी सब कुछ भूल जाय! यह सोचते-सोचते उसके दिल में कुछ हुआ—क्या यह दर्द था?—पल भर के लिए उसका दिल सिकुड़ा और फिर फैल गया—यह क्या था?...लानत है। यह तो वही 'उँह' थी, जो उसके दिल के अन्दर कभी सिकुड़ती थी और कभी फैलती थी।

घर की तरफ़ सुगन्धी के क़दम उठे ही थे कि रुक गये और वह ठहर कर सोचने लगी—'रामलाल दलाल का ख़याल है कि उसे मेरी शक्ल पसन्द नहीं आयी—शक्ल का तो उसने ज़िक्र नहीं किया। उसने तो यह कहा था—"सुगन्धी, पसन्द नहीं किया तुझे।" उसे...उसे...सिर्फ मेरी शक्ल ही पसन्द नहीं आयी...नहीं आयी तो क्या हुआ?...मुझे भी तो कई आदमियों की शक्ल पसन्द नहीं आती... वह, जो अमावस की रात को आया था। कितनी बुरी सूरत थी उसकी—क्या मैंने नाक-भौं नहीं चढ़ायी थी? जब वह मेरे साथ सोने लगा था तो मुझे घिन नहीं आयी

थी? ...क्या मुझे उबकाई आते-आते नहीं रुक गयी थी? ...ठीक है, पर सुगन्धी...तूने उसे दुत्कारा नहीं था, तूने उसे ठुकराया नहीं था...उस मोटर वाले सेठ ने तो तेरे मुँह पर थूका है...उँह...इस 'उँह' का और मतलब ही क्या है?...यही कि इस छछूँदर के सिर में चमेली का तेल...उँह...यह मुँह और मसूर की दाल...'अरे रामलाल, तू यह छिपकली कहाँ से पकड़ कर ले आया है...इसी लौंडिया की इतनी तारीफ कर रहा था तू...दस रुपये और यह औरत...! खच्चर क्या बुरी है...।'

सुगन्धी सोच रही थी और उसके पैर के अँगूठे से ले कर सिर की चोटी तक गर्म लहरें दौड़ रही थीं। उसको कभी अपने-आप पर गुस्सा आता था और कभी रामलाल दलाल पर, जिसने रात के दो बजे उसे बे-आराम किया। लेकिन फौरन ही दोनों को बेकसूर पा कर, वह सेठ का ख़याल करती थी। उस ख़याल के आते ही, उसकी आँखें, उसके कान, उसकी बाँहें, उसकी टाँगें, उसका सब कुछ मुड़ता था कि उससे को कहीं देख पाये...उसके अन्दर यह इच्छा बड़ी शिद्दत से पैदा हो रही थी कि जो कुछ हो चुका है, एक बार फिर हो...सिर्फ़ एक बार...वह हौले-हौले मोटर की तरफ़ बढ़े, मोटर के अन्दर से एक हाथ टॉर्च निकाले और उसके चेहरे पर रोशनी फेंके, 'उँह' की आवाज़ आये और वह–सुगन्धी–अन्धा-धुन्ध अपने दोनों पंजों से उसका मुँह नोचना शुरू कर दे। जंगली बिल्ली की तरह झपटे और अपनी उँगलियों के सारे नाख़ून, जो उसने नये फैशन के मुताबिक बढ़ा रहे थे, उस सेठ के गालों में गड़ा दे...बालों से पकड़ कर उसे बाहर घसीट ले और धड़ाधड़ पीटना शुरू कर दे, और जब थक जाय...जब थक जाय तो रोना शुरू कर दे!

रोने का ख़याल सुगन्धी को सिर्फ इसलिए आया कि उसकी आँखों में गुस्से और बेबसी की शिद्दत के कारण तीन-चार बड़े-बड़े आँसू बन रहे थे। एकाएक सुगन्धी ने अपनी आँखों से सवाल किया–'तुम रोती क्यों हो? तुम्हें क्या हुआ है कि टपकने लगी हो?' ...आँखों से किया गया सवाल, कुछ क्षणों तक उन आँसुओं में तैरता रहा, जो अब पलकों पर काँप रहे थे।

सुगन्धी उन आँसुओं में से देर तक उस शून्य को घूरती रही, जिधर से कि मोटर गयी थी।

फड़-फड़-फड़...यह आवाज़ कहाँ से आयी?...सुगन्धी ने चौंक कर इधर-उधर देखा, लेकिन किसी को न पाया...अरे! यह तो उसका दिल फड़फड़ाया था–वह समझी थी, मोटर का इंजन बोला है...उसका दिल...यह क्या हो गया था उसके दिल को?...आज ही यह रोग लग गया था उसे...अच्छा भला चलता-चलता, एक जगह रुक कर धड़-धड़ क्यों करता था...बिलकुल उस घिसे हुए रिकॉर्ड की तरह, जो सुई के नीचे एक जगह आ कर रूक जाता था और 'रात कटी गिन-गिन तारे' कहता-कहता, 'तारे-तारे' की रट लगा देता था।

आसमान तारों से अटा हुआ था। सुगन्धी ने उनकी ओर देखा और कहा–"कितने

सुन्दर हैं।"...वह चाहती थी कि अपना ध्यान किसी और तरफ़ पलट दे। पर जब उसने 'सुन्दर' कहा तो झट से यह ख़याल उसके दिमाग़ में कूदा—ये तारे सुन्दर हैं, पर तू क़ितनी भौंडी है...क्या भूल गयी कि अभी-अभी तेरी सूरत को फटकारा गया है?"

सुगन्धी कुरूप तो नहीं थी। यह ख़याल आते ही वे सारी परछाइयाँ एक-एक करके उसकी आँखों के सामने आने लगीं, जो इन पाँच बरसों के दौरान वह आइने में देख चुकी थी। इसमें कोई सन्देह नहीं कि उसका रंग-रूप अब वह नहीं रहा था, जो आज से पाँच साल पहले था, जब कि वह सारी चिन्ताओं से मुक्त, अपने माँ-बाप के साथ रहा करती थी। लेकिन वह कुरुप तो नहीं हो गयी थी। उसकी शक्ल-सूरत उन आम औरतों की-सी थी, जिनकी ओर मर्द गुज़रते-गुज़रते घूर कर देख लिया करते हैं। उसमें वे सारी ख़ूबियाँ मौजूद थीं, जो सुगन्धी के ख़याल में हर मर्द उस औरत में ज़रूरी समझता है, जिसके साथ उसे एक-दो रातें बितानी होती हैं। वह जवान थी; उसके अंग सुडौल थे। कभी-कभी, नहाते समय उसकी निगाहें अपनी रानों पर पड़ती थीं तो वह ख़ुद उनकी गोलाई और गदराहट को पसन्द किया करती थी। वह हँस-मुख थी। इन पाँच बरसों के दौरान शायद ही कोई आदमी उससे नाख़ुश हो कर गया हो...बड़ी मिलनसार थी, बड़ी सहृदय थी। पिछले दिनों, क्रिसमस में, जब वह 'गोल पीठा' में रहा करती थी, एक नौजवान लड़का उसके पास आया था। सुबह उठ कर, जब उसने कमरे में जा कर, खूँटी से अपना कोट उतारा तो बटुआ ग़ायब पाया। सुगन्धी का नौकर यह बटुआ ले उड़ा था। बेचारा बहुत परेशान हुआ। छुट्टियाँ बिताने के लिए हैदराबाद से बम्बई आया था। अब उसके पास वापस जाने के लिए भी किराया न था। सुगन्धी ने तरस खाकर उसे उसके दस रुपये वापस दे दिये थे...'मुझ में क्या बुराई है?' सुगन्धी ने यह सवाल हर उस चीज़ से किया, जो उसकी आँखों के सामने थी। गैस के अन्धे लैम्प, लोहे के खम्भे,. फुटपाथ के चौकोर पत्थर और सड़क की उखड़ी हुई बजरी—इन सब चीज़ों की तरफ़ उसने बारी-बारी से देखा, फिर आकाश की ओर निगाहें उठायीं, जो उसके ऊपर झुका हुआ था, पर सुगन्धी को कोई जवाब न मिला। जवाब उसके अन्दर मौजूद था। वह जानती थी कि वह बुरी नहीं, अच्छी है; पर वह चाहती थी कि कोई उसका समर्थन करे... कोई... उस वक़्त कोई उसके कन्धों पर हाथ रख कर, सिर्फ इतना कह दे—'सुगन्धी! कौन कहता है, तू बुरी है; जो तुझे बुरा कहे, वह आप बुरा है।" ...नहीं, यह कहने की कोई ख़ास ज़रूरत नहीं थी। किसी का इतना भर कह देना काफी था—'सुगन्धी, तू बहुत अच्छी है।'

वह सोचने लगी कि वह क्यों चाहती है, कोई उसकी तारीफ करे। इससे पहले उसे इतनी शिद्दत से इस बात की ज़रूरत महसूस न हुई थी। आज क्यों वह बेजान चीज़ों को भी ऐसी नज़रों से देखती है, जैसे उन पर अपने अच्छे होने एक

एहसास तारी करना चाहती हो। उसके जिस्म का ज़र्रा-जर्रा क्यों 'माँ" बन रहा था—वह माँ बन कर धरती की हर चीज़ को अपनी गोद में लेने के लिए क्यों तैयार हो रही थी? उसका जी क्यों चाहता था कि वह सामने वाले गैस के खम्भे के साथ चिमट जाय और उसके ठण्डे लोहे पर अपने गाल रख दे—अपने गर्म-गर्म गाल—और उसकी सारी सर्दी चूस ले।

थोड़ी देर के लिए उसे ऐसा लगा कि गैस के अन्धे लैम्प, लोहे के खम्भे, फुटपाथ के चौकोर पत्थर और हर वह चीज़, जो रात के सन्नाटे में उसके आस-पास थी, हमदर्दी की नज़रों से उसे देख रही है और उसके ऊपर झुका हुआ आकाश भी, जो मटियाले रंग की ऐसी मोटी चादर मालूम होता था, जिसमें अनगिनत छेद हो रहे हों, उसकी बातें समझता था और सुगन्धी को भी ऐसा लगता था कि वह तारों का टिमटिमाना समझती है—लेकिन उसके अन्दर यह क्या गड़बड़ थी?... वह क्यों अपने अन्दर उस मौसम की फ़िज़ा महसूस कर रही थी, जो बारिश से पहले देखने में आया करता है।—उसका जी चाहता था कि उसके जिस्म का एक-एक लोम-रन्ध्र खुल जाये और जो कुछ उसके अन्दर उबल रहा है, उनके रास्ते बाहर निकल जाय।

पर यह कैसे हो... कैसे हो?

सुगन्धी गली के नुक्कड़ पर ख़त डालने वाले लाल बम्बे के पास खड़ी थी—हवा के तेज़ झोंके से बम्बे की लोहे की जीभ, जो उसके खुले हुए मुँह में लटकी रहती थी, खड़खड़ायी तो सुगन्धी की निगाहें एकदम उस ओर उठीं, जिधर मोटर गयी थी, पर उसे कुछ दिखायी न दिया। उसके अन्दर कितनी ज़बरदस्त इच्छा थी कि वह सेठ मोटर पर एक बार फिर आये और...और...

'न आये...बला से...मैं अपनी जान क्यों बेकार हलकान करूँ...घर चलते हैं और आराम से लम्बी तान कर सोते हैं। इन झगड़ों में रखा ही क्या है? मुफ्त की सिरदर्दी ही तो है...चल सुगन्धी, घर चल, ठण्डे पानी का एक डोंगा पी और थोड़ा-सा बाम मल कर सो जा...फस्ट क्लास नींद आयेगी और सब ठीक हो जायेगा...सेठ और उस मोटर की ऐसी-की-तैसी...।

यह सोचते हुए सुगन्धी का बोझ हल्का हो गया, जैसे वह किसी ठण्डे तालाब से नहा-धो कर बाहर निकली हो। जिस तरह पूजा करने के बाद उसका शरीर हल्का हो जाता था, उसी तरह अब भी हल्का हो गया था। घर की तरफ़ चलने लगी तो विचारों का बोझ न होने के कारण उसके क़दम कई बार लड़खड़ाये।

अपने मकान के पास पहुँची तो एक टीस के साथ फिर सारी घटना उसके मन में उठी और दर्द की तरह उसके रोएँ-रोएँ पर छा गयी—क़दम फिर बोझिल हो गये और वह इस बात को शिद्दत के साथ महसूस करने लगी कि घर से बुला कर, बाहर बाज़ार में मुँह पर रोशनी का चाँटा मार कर, एक आदमी ने अभी-अभी

उसकी हतक की है। यह ख़याल आया तो उसने अपनी पसलियों पर किसी के सख़्त अँगूठे महसूस किये, जैसे कोई उसे भेड़-बकरी की तरह दबा-दबा कर देख रहा हो कि गोश्त भी है या बाल-ही-बाल हैं—'उस सेठ ने, परमात्मा करे..." सुगन्धी ने चाहा कि उसे शाप दे, पर सोचा, शाप देने से क्या बनेगा। मज़ा तो तब था कि वह सामने होता और वह उसके वजूद के हर ज़र्रे पर अपनी धिक्कारें लिख देती...उसके मुँह पर कुछ ऐसी बात कहती कि वह ज़िन्दगी भर बेचैन रहता... कपड़े फाड़ कर उसके सामने नंगी हो जाती और कहती...'यही लेने आया था न तू?...ले, दाम दिये बिना ले जा इसे...पर जो कुछ मैं हूँ, जो कुछ मेरे अन्दर छिपा है, वह तू क्या, तेरा बाप भी नहीं ख़रीद सकता..."

बदला लेने के नये-नये तरीके सुगन्धी के दिमाग़ में आ रहे थे। अगर उससे एक बार, सिर्फ़ एक बार उसकी मुठभेड़ हो जाय तो वह यह करे—यूँ उससे बदला ले—नहीं, यूँ—लेकिन जब सुगन्धी सोचती कि सेठ से उसका दोबारा मिलना असम्भव है तो वह उसे एक छोटी-सी गाली देने पर ही ख़ुद को राज़ी कर लेती—बस, सिर्फ एक छोटी-सी गाली, जो उसकी नाक पर चिपकू मक्खी की तरह बैठे जाय और हमेशा वहीं जमी रहे।

इसी उधेड़-बुन में, वह दूसरी मंज़िल पर अपनी खोली के पास पहुँच गयी। चोली में से चाबी निकाल कर, ताला खोलने के लिए हाथ बढ़ाया तो चाबी हवा ही में घूम कर रह गयी। कुंडे में ताला नहीं था। सुगन्धी ने किवाड़ अन्दर की ओर दबाये तो हल्की-सी चरचराहट पैदा हुई। अन्दर से किसी ने कुंडी खोली और दरवाज़े ने जँभाई ली। सुगन्धी अन्दर दाख़िल हो गयी।

माधो मूँछों में हँसा और दरवाज़ा बन्द करके सुगन्धी से कहने लगा, "आज तूने मेरा कहना मान ही लिया—सुबह की सैर तन्दुरुस्ती के लिए बड़ी अच्छी होती है। हर रोज़ इसी तरह सुबह उठ कर घूमने जाया करेगी तो तेरी सारी सुस्ती दूर हो जायेगी और तेरी कमर का यह दर्द भी ग़ायब हो जायेगा, जिसकी शिकायत तू आये दिन किया करती है। विक्टोरिया गार्डन तक तो हो आयी होगी तू?—क्यों?"

सुगन्धी ने कोई जवाब नहीं दिया और न माधो ने जवाब चाहा। दरअसल जब माधो बात किया करता था तो उसका मतलब यह नहीं होता था कि सुगन्धी उसमें ज़रूर हिस्सा ले और सुगन्धी जब कोई बात किया करती थी तो यह ज़रूरी नहीं होता था कि माधो उसमें भाग ले—चूँकि कोई बात करनी होती थी, इसलिए वे कुछ कह दिया करते थे।

माधो बेंत की कुर्सी पर बैठे गया, जिसकी पीठ पर उसके तेल-चुपड़े सिर ने मैल का बहुत बड़ा धब्बा बना रखा था, और टाँग-पर-टाँग रख कर अपनी मूँछों पर उँगलियाँ फेरने लगा।

सुगन्धी पलँग पर बैठे गयी और माधो से कहने लगी—"मैं आज तेरी बाट ही

देख रही थी।”

माधो बड़ा सिटपिटाया, “मेरी बाट!–पर तुझे कैसे मालूम हुआ कि मैं आज आने वाला हूँ?”

सुगन्धी के भिंचे हुए होंठ खुले, उन पर एक पीली-सी मुस्कराहट नमूदार हुई, “मैंने रात तुझे सपने में देखा था–उठी तो कोई भी न था। सो, मन ने कहा–चलो, कहीं बाहर घूम आयें...और...।”

माधो ख़ुश हो कर बोला, “और मैं आ गया...भई, बड़े लोगों की बातें बड़ी पक्की होती हैं। किसी ने ठीक कहा है, दिल को दिल से राह है...तूने यह सपना कब देखा था?”

सुगन्धी ने उत्तर दिया, “चार बजे के क़रीब?” माधो कुर्सी पर से उठ कर सुगन्धी के पास बैठे गया, “और मैंने तुझे ठीक दो बजे सपने में देखा...जैसे तू फूलों वाली साड़ी...अरे, बिलकुल यही साड़ी पहने, मेरे पास खड़ी है। तेरे हाथों में...क्या था तेरे हाथों में?...हाँ, तेरे हाथों में रुपयों से भरी हुई थैली थी। तूने वह थैली मेरी झोली में रख दी और कहा–“माधो, तू चिन्ता क्यों करता है?...ले यह थैली...अरे, तेरे-मेरे रुपये क्या दो हैं,...सुगन्धी, तेरी जान की क़सम, फौरन उठा और टिकट कटा कर इधर का रुख किया...क्या बताऊँ, बड़ी परेशानी है। बैठे-बैठाये एक केस हो गया है। अब बीस-तीस रुपये हों तो इन्सपेक्टर की मुट्ठी गर्म करके छुटकारा मिले...थक तो नहीं गयी तू? लेट जा, मैं तेरे पाँव दबा दूँ। घूमने की आदत न हो तो थकान हो ही जाया करती है!...इधर मेरी तरफ़ पैर करके लेट जा।”

सुगन्धी लेट गयी। दोनों बाँहों का तकिया बना कर, वह उन पर सिर रख कर लेट गयी और उस लहजे में, जो उसका अपना नहीं था, माधो से कहने लगी, “माधो, यह किस मुए ने तुझ पर केस किया है? जेल-वेल का डर हो तो मुझ से कह दे। बीस-तीस क्या, सौ-पचास भी ऐसे मौकों पर पुलिस के हाथ में थमा दिये जायँ तो फायदा अपना ही है–जान बची लाखों पाये... बस-बस, अब जाने दे, थकन कुछ ज़्यादा नहीं है–मुठी-चापी छोड़ और मुझे सारी बात सुना। केस का नाम सुनते ही मेरा दिल धक-धक करने लगा है... वापस कब जायेगा तू?”

माधो को सुगन्धी के मुँह से शराब की बास आयी। उसने यह मौका अच्छा समझा और झट से कहा, “दोपहर की गाड़ी से वापस जाना पड़ेगा। अगर शाम तक सब-इन्सपेक्टर को सौ-पचास न थमाये तो... ज़्यादा देने की ज़रुरत नहीं, मैं समझता हूँ, पचास में काम चल जायेगा।”

“पचास!” यह कह कर सुगन्धी बड़े आराम से उठी और उन चार तस्वीरों के पास धीरे-धीरे गयी, जो दीवार पर लटक रही थीं। बायीं तरफ़ से तीसरे फ्रेम में माधो की तस्वीर थी। बड़े-बड़े फूलों वाले पर्दे के आगे, कुर्सी पर वह दोनों रानों पर

अपने हाथ रखे बैठा था। एक हाथ में गुलाब का फूल था। पास ही तिपायी पर दो मोटी-मोटी किताबें धरी थीं। तस्वीर खिंचवाते समय, तस्वीर खिंचवाने का ख़याल माधो पर इतना छा गया था कि उसकी हर चीज़ तस्वीर से बाहर निकल-निकल कर जैसे पुकार रही थी—'हमारा फोटो उतरेगा, हमारा फोटो उतरेगा।" कैमरे की तरफ़ माधो आँखें फाड़-फाड़ कर देख रहा था और ऐसा मालूम होता था कि फोटो उतरवाते समय उसे बड़ी तकलीफ हो रही है।

सुगन्धी खिलखिला कर हँस पड़ी—उसकी हँसी कुछ ऐसी तीखी और नुकीली थी कि माधो को सुइयाँ-सी चुभीं—पलँग पर से उठ कर, वह सुगन्धी के पास आ गया, "किसकी तस्वीर देख कर तू इतने ज़ोर से हँसी है?"

सुगन्धी ने बायें हाथ की पहली तस्वीर की तरफ़ इशारा किया, जो म्युनिसिपैलिटी के सफाई-दारोग़ा की थी, "इसकी...मुनशीपालटी के इस दारोग़ा की... ज़रा देख तो इसका थोबड़ा! कहता था, एक रानी मुझ पर आशिक हो गयी थी... उँह! यह मुँह और मसूर की दाल!" यह कह कर सुगन्धी ने फ्रेम को इस ज़ोर से खींचा कि दीवार में से कील भी पलस्तर-सहित उखड़ आयी।

माधो का अचरज अभी दूर न हुआ था कि सुगन्धी ने फ्रेम को खिड़की से बाहर फेंक दिया। दो मंज़िलों से यह फ्रेम नीचे ज़मीन पर गिरा और काँच टूटने की झनकार सुनायी दी। सुगन्धी ने उस झनकार के साथ कहा, "रानी भंगिन कचरा उठाने आयेगी तो मेरे इस राजा को भी साथ ले जायेगी।"

एक बार फिर उसी नुकीली और तीखी हँसी की फुहार सुगन्धी के होंटों से गिरनी शुरू हुई, जैसे वह उन पर चाकू या छुरी की धार तेज़ कर रही हो।

माधो बड़ी मुश्किल से मुस्कराया। फिर हँसा, "ही-ही-ही... ।"

सुगन्धी ने दूसरा फ्रेम भी नोच लिया और खिड़की से बाहर फेंक दिया, "इस साले का यहाँ क्या मतलब है? भौंडी शक्ल का कोई आदमी यहाँ नहीं रहेगा... क्यों माधो?"

माधो फिर बड़ी मुश्किल से मुस्कराया और फिर हँसा—"ही-ही-ही... ।"

एक हाथ से सुगन्धी ने पगड़ी वाले की तस्वीर उतारी और दूसरा हाथ उस फ्रेम की तरफ़ बढ़ाया, जिसमें माधो का फोटो जड़ा था। माधो अपनी जगह पर सिमट गया, जैसे हाथ उसी की तरफ़ बढ़ रहा हो। पल भर में फ्रेम, कील सहित, सुगन्धी के हाथ में था।

ज़ोर का ठहाका लगा कर, उसने "उँह" की और दोनों फ्रेम एक साथ खिड़की में से बाहर फेंक दिये। दो मंज़िलों से जब फ्रेम ज़मीन पर गिरे और काँच टूटने की आवाज़ आयी तो माधो को ऐसा मालूम हुआ कि उसके अन्दर कोई चीज़ टूट गयी है।

बड़ी मुश्किल से उसने हँस कर इतना कहा, "अच्छा किया।... मुझे भी यह फोटो पसन्द नहीं था।"

धीरे-धीरे सुगन्धी माधो के पास आयी और कहने लगी, "तुझे यह फोटो पसन्द

नहीं था।... पर मैं पूछती हूँ, तुझमें है ऐसी कौन-सी चीज़, जो किसी को पसन्द आ सकती है—तेरी पकौड़ा-सी नाक, यह तेरा बालों-भरा माथा, ये तेरे सूजे हुए नथुने, ये तेरे मुड़े हुए कान, यह तेरे मुँह की बास, यह तेरे बदन का मैल।... तुझे अपना फोटो पसन्द नहीं था। उँह! पसन्द क्यों होता, तेरे ऐब जो छिपा रखे थे उसने... आजकल ज़माना ही ऐसा है; जो ऐब छिपाये, वही बुरा..."

माधो पीछे हटता गया। आख़िर जब वह दीवार के साथ लग गया तो उसने अपनी आवाज़ में ज़ोर पैदा करके कहा—"देख सुगन्धी, मुझे ऐसा दिखायी देता है कि तूने फिर से अपना धन्धा शुरू कर दिया है... अब तुझसे आख़िरी बार कहता हूँ..."

सुगन्धी ने इससे आगे माधो की नकल उतारते हुए कहना शुरू किया—"अगर तूने फिर से अपना धन्धा शुरू किया तो बस, तेरी-मेरी टूट जायेगी। अगर तूने फिर किसी को अपने यहाँ ठहराया तो चुटिया से पकड़ कर तुझे बाहर निकाल दूँगा... इस महीने का ख़र्च मैं पूना पहुँचते ही मनीआर्डर कर दूँगा... हाँ, क्या भाड़ा है इस खोली का?" माधो चकरा गया।

सुगन्धी ने कहना शुरू किया, "मैं बताती हूँ, पन्द्रह रुपया भाड़ा है इस खोली का... और दस रुपया भाड़ा है मेरा... और जैसा तुझे मालूम है, अढ़ाई रुपये दलाल के! बाकी रहे साढ़े सात, रहे न साढ़े सात? उन साढ़े सात रुपल्लियों में मैंने ऐसी चीज़ देने का वचन दिया था, जो मैं दे ही नहीं सकती थी और तू ऐसी चीज़ लेने आया था, जो तू ले ही नहीं सकता था।

"तेरा-मेरा नाता ही क्या था? कुछ भी नहीं! बस ये दस रुपये तेरे और मेरे बीच में बज रहे थे, सो हम दोनों ने मिल कर ऐसी बात की कि तुझे मेरी ज़रूरत हुई और मुझे तेरी... पहले तेरे और मेरे बीच में दस रुपये बजते थे, आज पचास बज रहे हैं।

"तू भी उनका बजना सुन रहा है और मैं भी उनका बजना सुन रही हूँ... यह तूने अपने बालों का क्या सत्यानास कर रखा है!"

यह कह कर सुगन्धी ने माधो की टोपी उँगली से एक तरफ़ उड़ा दी। यह हरकत माधो को बहुत बुरी लगी। उसने बड़े कड़े स्वर में कहा—"सुगन्धी!"

सुगन्धी ने माधो की जेब से रुमाल निकाल कर सूँघा और ज़मीन पर फेंक दिया, "ये चिथड़े, ये चिन्दियाँ... उफ! कितनी बुरी बास आती है, उठा के बाहर फेंक इनको..."

माधो चिल्लाया—"सुगन्धी!"

सुगन्धी ने तेज़ लहजे में कहा, "सुगन्धी के बच्चे, तू आया किसलिए है यहाँ?... तेरी माँ रहती है इस जगह, जो मुझे पचास रुपये देगी? या तू कोई ऐसा बड़ा गबरू जवान है, जो मैं तुझ पर आशिक हो गयी हूँ... कुत्ते, कमीने! मुझ पर रोब गाँठता है! मैं तेरी रखैल हूँ क्या?... भिखमंगे, तू अपने आपको समझ क्या

बैठा है?... मैं पूछती हूँ, तू है कौन?... चोर या जेबकतरा?... इस समय तू मेरे मकान में क्या करने आया है?... बुलाऊँ पुलिस को?... पूने में तुझ पर केस हो या न हो, यहाँ तो तुझ पर एक केस खड़ा कर दूँ..."

माधो सहम गया। दबे लहजे में सिर्फ़ इतना कह सका, "सुगन्धी, तुझे क्या हो गया है?"

"तेरी माँ का सिर... तू होता कौन है मुझसे ऐसे सवाल करने वाला? भाग यहाँ से, नहीं तो..." सुगन्धी की ऊँची आवाज़ सुन कर, उसका खाज-मारा कुत्ता, जो सूखी हुई चप्पलों पर मुँह रखे सो रहा था, हड़बड़ा कर उठा और माधो की तरफ़ मुँह उठा कर भौंकने लगा। कुत्ते के भौंकने के साथ ही सुगन्धी ज़ोर-ज़ोर से हँसने लगी।

माधो डर गया। गिरी हुई टोपी उठाने के लिए झुका तो सुगन्धी की गरज सुनायी दी—"ख़बरदार... पड़ी रहने दे वहीं...तू जा, तेरे पूना पहुँचते ही मैं इसका मनीआर्डर कर दूँगी।" यह कह कर वह और ज़ोर से हँसी और हँसती-हँसती बेंत की कुर्सी पर बैठ गयी। उसके खाज-मारे कुत्ते ने भौंक-भौंक कर माधो को कमरे से बाहर निकाल दिया। उसे सीढ़ियाँ उतार, जब कुत्ता अपनी टुण्ड-मुण्ड दुम हिलाता, सुगन्धी के पास आया और उसके क़दमों के पास बैठ कर, कान फड़फड़ाने लगा तो सुगन्धी चौंकी। उसने अपने चारों ओर एक भयानक सन्नाटा देखा—ऐसा सन्नाटा, जो उसने पहले कभी न देखा था। उसे ऐसा लगा कि हर चीज़ ख़ाली है... जैसे मुसाफिरों से लदी हुई रेलगाड़ी, सब स्टेशनों पर मुसाफिर उतार कर, अब लोहे के शेड में बिलकुल अकेली खड़ी है।... यह ख़ालीपन, जो अचानक सुगन्धी के अन्दर पैदा हो गया था, उसे बहुत तकलीफ दे रहा था।

उसने काफ़ी देर तक उस शून्य को भरने की कोशिश की, लेकिन व्यर्थ। वह एक ही समय में अनगिनत विचार अपने दिमाग़ में सूझती थी, पर एकदम छलनी का-सा हिसाब था। इधर दिमाग़ को भरती थी, उधर वह खाली हो जाता था।

बड़ी देर तक वह बेंत की कुर्सी पर बैठी रही। सोच-विचार के बाद, जब उसको अपना मन बहलाने का कोई तरीका न सूझा तो उसने अपने खाज-मारे कुत्ते को गोद में उठाया और सागौन के चौड़े पलँग पर उसे बग़ल में लिटा कर सो गयी।

□□